韬智圣歌

邵光智　周新平／著

济南出版社

图书在版编目（CIP）数据

韬智圣歌 / 邵光智，周新平著. -- 济南：济南出版社，2024.12. -- ISBN 978-7-5488-6929-0

Ⅰ. I227

中国国家版本馆 CIP 数据核字第 2024KC2829 号

韬智圣歌

TAO ZHI SHENG GE

邵光智　周新平　著

出　版　人	谢金岭
责任编辑	于丽霞　刘风华
封面设计	王　焱

出版发行	济南出版社
地　　　址	山东省济南市二环南路1号（250002）
总　编　室	0531-86131715
印　　　刷	济南龙玺印刷有限公司
版　　　次	2024年12月第1版
印　　　次	2024年12月第1次印刷
成品尺寸	150 mm×230 mm　16开
印　　　张	23.25
字　　　数	260千字
书　　　号	ISBN 978-7-5488-6929-0
定　　　价	69.00元

如有印装质量问题 请与出版社出版部联系调换
电话：0531-86131716

版权所有 盗版必究

序言／长诗颂圣贤　英名传万年

赵承凤

《韬智圣歌》是继《孙子长歌》《鬼谷子长歌》之后，又一部以长诗形式颂扬历史人物的精品力作。三部书稿交相辉映，浑然一体，构成系列，为繁荣灿烂的时代文苑再添新的枝叶。

《韬智圣歌》分上下两编，上编是《韬圣传奇——姜太公长歌》，下编是《智圣传奇——诸葛亮长歌》，分别由邵光智和周新平领衔创作。泱泱中华，文脉绵长；天地苍茫，诗风汤汤；激情如潮，弦歌浩荡。两位作者秉持与时代偕行的创作理念，大力吸纳历史文化底蕴和时代精华，着笔古代、贴近现代；忠于历史、面向未来，使姜太公、诸葛亮这两个神奇的人物穿过时光的隧道，走向你、我、他，变得可亲可敬，可感可佩，可歌可颂，可信可学。

姜太公和诸葛亮是闻名遐迩、家喻户晓的两个历史圣贤人物，纵观他们波澜壮阔的一生，给后人留下了不朽英名、厚重著述、神奇传说。姜太公是中国商朝末年著名的军事家、政治家、韬略家、思想家，西周开国元勋、齐国和齐文化创始人，他博闻多智，文章盖世，武略超群，神机庙算，曾先后辅佐文王、武王、成王、康王等四代周王，既主军，又问政，武能安邦、文能治国，被道家尊之为始祖。兵家奉之为武祖，《史记》云："后世之言兵及周之阴权皆宗太公为本谋。"素有"百家宗师"之称。对这样一个人们耳熟能详的人物，从何处下笔？怎样把他写准写好、写实写新？邵光智先后从山东国际孙子兵法研究交流中心、新华书店、网上书店等搜集了9部总计300余万字与姜太公有关的图书资料，利用半年多的时间，潜心研读，对姜太公生平、韬略形成、文治武功等进行系统分析，列出提纲，呕心沥血，全力创作。全诗分开篇、尾声及东海神童、磨砺待时、文伐倾商、武伐灭商、封齐建国五章二十节。开篇用高度凝练的语言概括姜太公的一生。第一章东海神童，写姜尚的家族背景、读书成长、拜师求学的经历及其年少显露才华的故事；第二章磨砺待时，写姜尚读万卷书行万里路，在学习游历中不断升华自己，在屡遭挫折的生活经历中了解社会现实，寻找实现自己理想和抱负的机缘。他出仕殷商不得志，回归故里东海，思考圣贤谋略、当下时局，逐渐形成了神邃谋略《六韬》；第三章文伐倾商，写姜尚垂钓渭水遇到明主西岐姬昌，拜为太公，踏上商周政治舞台，智救姬昌出羑里囚笼，为姬昌出谋划策，文伐战略倾商纣，天下三分其二归周；第四章武伐灭商，写姜尚辅助周武王，操练精兵联顺伐逆，孟津观兵透视诸侯人心向背，观察时局寻找战机，打破殷商周时期贵族及平民迷信占卜的意识形态，挥师牧野，决战商纣，以少胜多，灭商兴周的辉煌成就，分封诸侯，永固周朝近八百年基业；第五章封齐建国，写姜太公首功封齐，因俗施政，五个月而安定齐国，经济惠民，百姓安居乐业，通工商之业，便渔盐之利，国家富强。平定"三叔"叛乱，二次安周，独享征伐率诸侯，使齐国享国八百年；尾声写太公伟业对后世的影响，六韬永恒，流芳千古。全诗大气磅礴，史料翔实，音韵壮美，文采飞扬，给人们以韬略智慧的熏陶和美的享受。

诸葛亮是三国时期蜀汉丞相，中国古代杰出的政治家、军事家、发明家、文学家，他一生"鞠躬尽瘁，死而后已"，是中国传统文化中"忠臣"与"智者"的代表人物。诸葛亮的故事早已深入人心，脍炙人口，古今评叙诸葛亮的史料资料众多，有正史有野史，有官方的有民间的。现代人印象中诸葛亮的形象，多来源于各种版本、多种艺术形式的演绎诠释。真实的诸葛亮是怎样的？如何对他作出客观评价、真实还原诸葛亮的一生？

创作中周新平大胆尝试，勇于突破，她对史籍文献资料中记载的诸葛亮作了充分的学习研究，为其量身定位：诸葛亮首先是个杰出的政治家，是忠臣贤相，是鞠躬尽瘁、死而后已的楷模，他又是杰出的军事家、谋略家，是能掐会算、料事如神、喜谋善政的智慧家化身。她以此谋篇布局，以时间为纵轴，按时间地点和重要事件的顺序渐次展开，详述诸葛亮跌宕起伏的非凡传奇人生。着笔从诸葛亮如何成长为三国时期非凡的政治家、谋略家、军事家说开去，以他立志高远，倾力辅佐刘备三分天下，不负托孤再辅刘禅，亲自率兵多次北上攻伐曹魏，长达26年以身许国，无私奉献，鞠躬尽瘁、死而后已的精神境界与不朽业绩，作为长诗的主线。将诸葛亮家世的由来、躬耕的修炼、计谋的奇异、北伐的艰辛、发明的成果等传奇经历作为辅线，采取主线引领辅线的写法，突出诸葛亮谋划战略全局，展开军事外交斗争上的大聪明、大智慧、大贡献，彰显人物的丰富内涵与外延。长诗由开篇、尾声和10章32节组成，主要人物和重要事件的逻辑关系脉络清晰，结构合理，内容详略得当，生动地展示了三国时期的历史风貌。特别是在人物的刻画上，将诸葛亮的智慧描述得活灵活现，对流传民间已久的"草船借箭""空城计"等故事，娓娓道来，惟妙惟肖，读来如临其境、如闻其声！

历朝历代，无论民间还是庙堂，姜太公、诸葛亮都是积极向上、教化民众的精神符号和圣贤化身。如今，邵光智、周新平怀揣责任，用诗歌艺术把他们生动形象地刻画出来，遣词造句，简洁精练，字字珠玑，颇具韵味；对人物的描写，丰满立体，出神入化。让读者用最短的时间、愉快的节奏，读懂两位圣贤其人、其事、其智、其谋、其功、其名，这是一件意义非凡的好事。但由于人物年代跨度大，在长诗的"真实反映"和"人物刻画"方面，有些内容难以考究，如姜太公多大年龄、什么时间遇文王？是在周西伯拘羑里前，还是智脱羑里归周后？史书上都没有明确的记载。只能根据民间流传至今的故事和《七十二朝人物演义》的说法描述，难免带有演绎的成分。再就是，长诗创作是一个艰辛艰苦的过程，文学技巧、文字运用、写作手法、诗歌韵律，也难免会存在一些不足。但瑕不掩瑜，《韬智圣歌》仍可称为一部倾情呕心力作，值得诵读品味。

是为序！

目 录

序言:长诗颂圣贤　英名传万年　赵承凤／1

上编:韬圣传奇——姜太公长歌／1

下编:智圣传奇——诸葛亮长歌／109

后记:千锤百炼出精品　田兆广／363

上编

韬圣传奇——姜太公长歌

邵光智　赵承凤

开　篇 / 3

第一章　东海神童 / 8
　　第一节　诞生东吕 / 8
　　第二节　少年英才 / 10
　　第三节　沐浴典籍 / 13
　　第四节　拜师求学 / 16

第二章　磨砺待时 / 19
　　第一节　历经磨难 / 19
　　第二节　出仕殷商 / 25
　　第三节　弃官归隐 / 27
　　第四节　腹酝六韬 / 30

第三章　文伐倾商 / 38
　　第一节　垂钓渭水遇明主 / 38
　　第二节　智脱西伯出羑里 / 43
　　第三节　重民修德倾商政 / 45
　　第四节　文伐战略剑出鞘 / 49

第四章　武伐灭商 / 53
　　第一节　联顺伐逆 / 53
　　第二节　孟津会盟 / 58
　　第三节　牧野决战 / 65
　　第四节　分封诸侯 / 78

第五章　封齐建国 / 84
　　第一节　首功封齐建大邦 / 84
　　第二节　因俗施政行德治 / 91
　　第三节　三宝并重兴国本 / 95
　　第四节　东方大国率诸侯 / 100

尾声 / 105

开　篇

东海波涛
回响着远去的鼓角争鸣
东夷峰峦
记录着这片神奇土地
壮阔的历史卷宗
凝望三千年
风云变幻的商周
千里海岱
腾起一颗耀眼的
韬略辰星
姜太公

神农炎帝后裔
以布衣之身行走
经天纬地之才
从少年睿智的眼神里
闪烁而出
祖先的英武血脉
壮你筋骨志气
圣学典籍润泽着你
胸有家国情怀

磨筋骨　饿体肤
齐之逐夫
朝歌废屠
子良逐臣
述说着你的艰难穷苦
七十二岁
渭水垂钓遇明主
你挑起灭商伐纣重担
顺天时　应民意
义无反顾

观民情　察世态
寻觅社会变革机缘
你以文武　龙虎
豹犬六韬
行无穷之变
图不测之利

文略倾商　阴谋修德
你将殷纣层层抽丝剥茧
孤立于无形
征犬戎　伐密须
戡灭耆　邘　崇国
天下三分其二归周
你审时度势
孟津观兵
会盟八百诸侯
不惧灾　不畏神
辅助武王
挥师牧野　吊民伐罪

武略灭商　一战功成
安天下之危
定四海之倾
写就灭商兴周
辉煌史诗

你有赫赫武功
更有灼灼文治
独创中国乃至世界
货币制度
"九府圜法"
发展经济
富民强国
用教化行政
礼法并用之道
稳定社会局面
巩固新生王朝
完成天下更始

你首功封齐
以疾风暴雨的果断
荡平一切不安定因素
以变常通穷　刚柔相济
应物处事的政治经济韬略
顺其风俗
简化礼仪
尊贤尚功　临众用民
通商工之业
便渔盐之利
开创齐国八百余年基业

你降九伯　灭蒲姑
息五侯　杀武庚
平五十余国
立二次安周大功
独授征伐大权
雄踞东方引领诸侯

姜太公
周王朝开国元勋
文王武王赖你王天下
成王康王依你称盛世
你缔造了齐国　创立了齐文化
你是华夏神州杰出的
军事家　政治家　思想家
韬略家　经济学家
丰满的思想理论体系　蕴含了
儒家之仁义　道家之无为
墨家之尚贤　法家之赏罚
兵家之全胜
被历代虔诚地尊为
兵家之鼻祖
百家之宗师
千古之韬圣
万神之统领
你的文韬武略经邦济世
万古流芳
润泽天下苍生

诗云：
六韬留下成王业

妙算玄机不可穷
出将入相千秋业
伐罪吊民万古功
运筹帷幄欺风后
燮理阴阳压老彭
亘古军师为第一
声名直并泰山隆

第一章　东海神童

第一节　诞生东吕

上古　东海之滨
青山绿水间
散居着东夷姜姓氏族部落
种五谷　采桑麻
山林狩猎　河海捕鱼
在四季分明优美的环境中
过着淳朴简单的生活

商朝庚丁帝八年
秋高气爽　谷物丰满
滨海东吕乡
有个绿树掩映的村庄东吕里
村前有条小河
流水叮咚清澈见底
岸上杨柳依依随风轻舞
绿荫深处一户人家
户主姜魁　炎帝神农氏后裔
伯益裔胄　弃官归里
打柴捕鱼耕织为生
妻子宋氏书香门第
勤俭持家　日子殷实

然心中一事时时叹息
姜魁已届不惑　妻子仍未生育
一日　妻子找郎中把脉回家
对姜魁莞尔一笑
好事到咱家了
姜魁放下手中活计
疑惑地看着妻子
妻子伏在他耳边悄语
俺有喜了

农历八月初三
姜魁家门前梧桐树上
喜鹊喳喳叫个不停
姜妻十月怀胎
儿子呱呱坠地
姜魁喜不自禁
面朝大海叩拜
顿觉彩云含笑　山水如画
天地一片吉祥

夜深人静
姜魁带着感恩对妻子说
辛苦你了
妻子亲吻了一下婴儿
轻声说　尚好
姜魁若有所悟
孩子有名了
尚者久远也　就叫尚吧
于是　孩子唤名姜尚
字取子牙
子　有学问有道德

牙　口齿伶俐聪慧
姜魁夫妇希望儿子长大后
继承圣明的先祖遗德
干一番出人头地的事业
成为治国安邦栋梁之材

诗云：
瀚海波涛风逐浪
岱岳群峰映紫光
吕里山水出姜尚
文韬武略定大邦

第二节　少年英才

殷商末年　朝政昏乱
姜姓族人多败落
姜尚家境相对富足
然天有不测风云
父亲姜魁病逝
临终交代宋氏珍惜栽培儿子
立身廊庙　垂名竹帛
姜尚一心向学
十岁便在村中
以博文多知闻名

姜尚六岁
母亲请族叔姜炳教他读书
给他讲述
三皇五帝的辉煌史诗
姜尚入耳入脑　心领神会

姜尚跟着母亲晚睡早起
鸡叫三遍　母亲起床做饭
姜尚给母亲添柴烧火
姜尚八岁　冬天
每日黎明背着长提编筐
在村头巷尾捡拾犬马牛粪
夏天　他扛着竹竿
到河边柳树林子捡拾蝉蜕
卖了换取学习用品
乡中邻里夸赞姜尚
少年有志　必成大器

姜尚十二岁
学问十里八乡无人比
有本村小伙向他请教
昨日　嫂子让我哥去集市卖马
等到傍晚才有人来买
询问价钱后牵马就走
我哥问他哪个村的
回答：悬半空
问他姓啥
回答：东北风
问他名字
回答：数不清
临走前叮嘱我哥
三天后去找他取钱
哥回家被嫂子责怪
你说　怎么才能找到那个人呢
姜尚略一思索告诉他：三天后
你到西南方向二十里高家庄
找一个叫寒星的人

他一定如数给你卖马的钱
小伙三天后去了高家庄
果然找到寒星
寒星很吃惊　问是谁指点的
小伙子说是姜尚
寒星给小伙子拿上钱
找了块布帛　写上几个字
包裹起来
叮嘱小伙子回去给姜尚
姜尚打开一看
布上写着四个字：
鹏程万里

一日　一外地客商
听大家夸姜尚聪明伶俐　才思敏捷
想亲眼见识一番
以卖布为由走进姜家
并要借用一餐
提出吃两个面饼　二十样菜
姜尚的母亲宋氏听后为难
对姜尚说　家中并不富裕
怎样凑二十样菜呢
姜尚说此事不难
你只用姜　韭菜和大葱
加上酱拌上一盘
韭菜生熟各半
生韭拌熟韭　二九一十八
加上葱和姜　正好二十样
姜母按照儿子说的
将饭菜端上饭桌
外地客商夸赞：高才啊

我在乡中早有耳闻
今日登门一验　果然不差
客商又叫来姜尚说
我腊月初三被蛇咬了怎么治疗
姜尚答　你用六月初六的雪
化成水一抹就好
客商问　六月初六热死人
到哪里找雪
姜尚答　腊月初三滴水成冰
蛇冬眠了怎么出来咬你
客商听罢连连赞叹
对姜母说　你好福气　养了个大才子
从此　神童姜尚的名气传遍四方

诗云：
少年英才闪星光
勤俭好学志昂扬
聪慧睿智显谋略
名冠东吕春雷响

第三节　沐浴典籍

母亲和姜炳见姜尚聪慧
决定让他博览群书
姜尚对历史兴趣浓厚
姜炳说　要学史就要学书
你父亲在世时
给我讲过一些书
我讲给你听
先说《书》　世有三书

《虞书》《夏书》《商书》
共六十余篇
分典谟训诰誓命六种文体
典：古代典制
如《尧典》《舜典》
谟：君臣相互勉励言论
如《大禹谟》《皋陶谟》
训：臣下劝诫君王的言论
如《伊训》《太甲》
诰：各种诰令文告
如《盘庚》
誓：君王诸侯出师时的誓众之辞
如《甘誓》《汤誓》
命：君主任命官员或赏赐诸侯的册命
如《说命》
这些书我都没看过
马家庄马上人有《夏书》等册典
但他视若珍宝
私藏密室不外借
姜尚求学若渴
决定借书拜读

姜尚上门求书
马上人说　我入仕半生
因公务进到朝歌　购得此书
你要读它须答应我一件事
我有二子
长子12岁　幼子8岁
你要读书　要到我家中
教我两个儿子一起读
与他们同桌而餐

同书而读
半年为期
此时姜尚 15 岁
15 岁的孩子教 12 岁的学生
一时成为佳话
姜尚足不出户　早起晚眠
刻苦攻读　认真讲授
半年之内把夏朝 470 年的历史
细细咀嚼　一篇篇咽到腹中
姜尚读完　教完《夏书》
提出回家探母
马上人备好礼物送他回家
回家的路上
姜尚脚下生风
看着高远碧蓝的天空
情不自禁伸开双臂高呼
他要做一只东海雄鹰
俯瞰大地　展翅翱翔

姜尚回家
四邻八舍来探望
姜尚给他们讲解《夏书》
夏启袭位大宴钧台
夷族酋长后羿夺取安邑
夏桀暴虐　商汤囚之于南巢
姜尚滔滔不绝
一个个生动的故事
让邻里听得如醉如痴
纷纷说　他们庄有马上人
咱们庄有姜上人了

诗云：
圣学典籍探过往
风云变化觅法章
目及云霄观天下
宏图大业胸中藏

第四节　拜师求学

一日　姜母对姜尚说
读万卷书　行万里路
世界包罗万象
你在东吕　只有东吕的见闻
你应出门求学

姜尚打起背包
从东海岸一路向西
拜访天下名士
姜尚徒步　风餐露宿
来到沂山　仰望山峦
松涛阵阵　古木参天
溪流潺潺　翠竹摇曳
山之阳　小溪畔
有一茅舍　升起袅袅炊烟
他轻叩柴扉
有一老者应声开门
姜尚见老人
鹤发童颜　仙风道骨
知遇上了高人
姜尚心想　莫非就是
坊间传说的鹤谷子

拱手道　学生东吕姜尚
前来拜望先生
老人笑道　请进茅屋一叙
老少二人畅谈甚欢
姜尚提出问史学文
鹤谷子收姜尚为徒
两人白日登山砍柴
一路谈古论今
闲暇鹤谷子向姜尚讲授文史
鹤谷子从盘古开天地
讲到有巢氏　伏羲氏　燧人氏
神农氏炎帝　以火纪官
轩辕氏黄帝　以云纪官
金天氏少皞　以鸟纪官
讲到炎黄二帝大战蚩尤
尧舜禹禅让　夏与商更替
讲到大舜掘井制犁发展农耕
老有所终　壮有所用
幼有所长　残有所养
一系列治理策略
一时　社会安宁
夜不闭户　路不拾遗
讲到今帝都在朝歌
位在中原　故称四境为
东夷　南蛮　西戎　北狄
你我脚下就是东夷之地
姜尚在沂山学业有成
师父鹤谷子给他
一把宝剑　一本《虞书》
让他遍游天下

姜尚含泪叩别师父
继续求学之旅
遍访良师益友　求学多门
以图用于当世建功立业
利国利民利天下
寒来暑往　栉风沐雨
姜尚边学习边考察
涿鹿　阪泉　不周山古战场
尧舜禹重要活动场所
都留下了他的足迹
一个上知天文　下知地理
藏文武于胸中　观古今如掌上
有经天纬地之才的韬略之星
在青山绿水间跳跃闪烁

诗云：
远古圣贤血脉承
开天辟地王侯风
遍访名士寻天道
建功立业赖英明

第二章　磨砺待时

第一节　历经磨难

姜尚周游各地
观山观水观天下
已是满腹经纶　意气风发
胸怀治国安民大志
年近而立
思母心切返乡
陪伴伺候母亲　极尽孝道
时过经年　母亲去逝
姜尚为母亲守灵三年后
决定到他州外府闯荡一番
出得门来　一路向西
夜住晓行　不只一日
却已到达繁华殷富的古齐城
事有凑巧　城中有一富翁
只生一子一女　适其子新丧
那富翁意欲招个赘婿回家过活
看见姜尚在门前走来走去
虽生得仪表非俗
但不知他肚量才调如何
正踌躇间
姜尚恰好又在那里经过

老翁便叫住姜尚问道
客官你为何不时在此行走
有甚贵干
姜尚道　我东海上人
探亲到此　无处寻觅
只得在街坊上胡乱走走
老翁想到　这样人若收留他
倒是死心塌地在这里的
决不寻思走到别处去
又扯几句话去问他
见姜尚应对如流
言言皆中肯綮
老翁大喜道
老朽在家甚是寂寞
客官探亲不遇
想无别事
何不移到家下暂住几日
姜尚正愁无处居住
谦让了几句就在老翁家里作寓

半月之间
老翁对姜尚的为人处事
性格脾气　件件试过
无一不可　心中十分欢喜
又见姜尚与女儿两下俱各快意
就提出要他入赘为婿
择一吉日　给他们两个办喜事成了亲
这正是：
孑身只与影相依
乍变浮萍东复西
鹏翼搏天全未稳

鹪鹩暂托一枝栖

姜尚自赘富室之后
他既有这些根基
一心思想发达
未免要去揣摩些学术
哪里肯像寻常人那样
琐琐碎碎
去做称柴数米
掂斤播两的活计
时间一长
那妻子则怪他闭门静坐
不管外事　疏于细务
常常在父亲面前絮聒
那老翁听了女儿的话
常常去嗔道姜尚
姜尚也只得忍耐
父女两个噪聒惯了
见姜尚并不焦躁
日复一日　开口就嚷骂
姜尚明知难过
却也无可奈何
在他家十年
硬是受了这十年的厌薄
直到被妻家撵出家门
成为齐之逐夫

姜尚遭逐　离开齐地
辗转来到黄河渡口棘津
困于生计　在街头小摊卖食
收入难以糊口

杂役求食
数易其主　难以立足
棘津不得机遇
姜尚沿河岸西行到达孟津
这里是天子脚下　风貌繁华
姜尚开设饭馆　结交天下朋友
食客多为平民　廉价求饱
姜尚重义轻利
对无钱的苦力赊账
小店日日赔本
最终赊不来青菜　米面　油盐
被迫关闭

从东吕到棘津
从棘津到孟津
做杂役　为人佣　卖汤饭
姜尚体察民情
深刻体会到了民间疾苦
激发了普济天下的使命感
决定离开孟津前往朝歌
姜尚来到朝歌
恰逢商大夫子良缺了家臣
听说姜尚精明强干
便聘来做家臣中总管
过了三月
子良见姜尚　精于大段道理
对琐碎事务　不肯放在心上
略略干得几件家政事务
又都是有些浮皮潦草的
不觉大怒道
此人徒有虚名　全无实用

留他在此必然误事
即把姜尚轰出门去
是为子良逐臣

姜尚无奈
只好习庖丁之术
鼓刀列肆　以屠牛为业
姜尚杀牛卖肉　亦不善经营
肉常腐烂变质　亏损赔本
未及半年便关门歇业
朋友知姜尚精于阴阳推演之术
可预测吉凶祸福
劝他用平生所学解燃眉之急
他开始设摊占卜
一日　姜尚在卦铺前张望
见一卖柴人挑着百斤干柴
汗流浃背而来
在铺前落脚歇息
随口说　我送老弟一卦
算对了　给我传传名
柴夫见免费算卦
信口道　请先生算吧
姜尚仔细打量柴夫一番
乐呵呵地告诉他
你这担柴　能卖两担的价
还有人管吃管喝
柴夫一听　担柴就走
边走边说　说的好听
姜尚高声道
你若不信　回来相见
柴夫在城中沿街叫卖

半晌无人问津
临近正午
有一管家模样的人
匆匆过来　问他柴价
柴夫想　反正无人要
心一横　想起姜尚的卦
要了两倍的价钱：一百钱
买者欣然同意
并说：送到家管吃管喝
原来这家办公事
正急等用柴　还缺人手
留下柴夫帮忙
柴夫干活卖力
主人赏了他二百钱
事毕　柴夫路过姜尚卦铺
忙上前躬身道
先生您神机妙算啊
柴夫名郑伦
将姜尚神算的故事
传遍大街小巷
从此　姜尚摊前熙熙攘攘
有占必应　有疑必诀
指迷示津　尽和人意
一时名动朝歌

诗云：
齐之逐夫风萧萧
子良逐臣穷潦倒
朝歌废屠拙生计
设摊占卜测吉凶

第二节　出仕殷商

纣王叔父亚相比干
窘于纣王暴戾奢靡
数次劝谏无效
为国担忧　寝食难安
闻朝歌来了位奇人异士
遂微服探访
一来求证坊间传闻
二来碰碰运气
看能否寻到治国理政大才

此时姜尚经济已有节余
解决温饱　时常接济穷苦百姓
比干打扮成破衣烂衫的读书人
来到姜尚卦摊
让姜尚占卜前途和殷商未来
姜尚见此人谈吐不俗
断定是朝中重臣
于是谈起治国安民之道
正君化俗之术
商政已趋向颓废
要废除弊政　改善民生
整顿吏治　革新朝纲
举贤任能　除恶扬善
除之废之　商朝才能兴旺
否则将会走向灭亡
比干听后甚为震惊
断定姜尚非凡夫俗子
是下屠屠牛　上屠屠国之才

访到贤人的比干顿觉神清气爽

比干回朝
向纣王力荐姜尚
纣王以貌取人
对姜尚不加重视
给了姜尚一个下层小吏职位
姜尚上任
遇到一人命官司
有青年状告嫂子
说嫂子杀鸡炖肉给哥吃
哥中毒身亡
断定是嫂子谋害哥哥
姜尚问：你和嫂子吃了吗
答曰：我们都吃了
哥吃得多
姜尚到现场考察
并令其嫂再炖一只鸡
重演当天场景
炖熟后放在原位置
姜尚站在一旁仔细观察
随着热气蒸蒸而上香味飘散
一条大蛇从屋檐探出头来
蛇液滴到盆里
姜子牙看了看旁边的小狗
喂小狗吃滴有蛇液的鸡肉
狗吃后抽搐倒地而亡
青年看后目瞪口呆
原来罪魁祸首是毒蛇
遂拿了棍棒将蛇打死
姜尚还了嫂子清白

百姓无不拍手叫好

姜尚出仕商纣　看到纣王
亲小人　远贤臣
荒淫无道　残暴成性
知存而不知亡
知乐而不知殃
商朝的政治腐败日益严重
观其野　草菅胜谷
观其众　邪曲胜直
观其吏　暴虐残贼
败法乱刑　上下不觉
此亡国之兆
决定另择明主图大业

诗云：
出仕朝歌近殷商
为民断案走街坊
睿智洞识纣腐朽
隐身伏志意图强

第三节　弃官归隐

姜尚决定离开朝歌
弃官归隐
回想自从当年离了父母之乡
已经四十余年
一事无成
仍旧空手孤身
不如回到东海

隐居遁世
少不得天下出圣主定太平
有朝一日用我的时节
自然显耀起来
何必区区奔走于人间
于是收拾行李说走就走

行了数十日
又来到东海之间
虽山川无二
却也人物不同
那般四十年前的人尽皆凋谢
剩得无几
姜尚况且白发萧萧　皮皱骨露
全然不是昔时模样
唯有山光水色依然如昨
姜尚到了海滨
自去剪些荆棘　结一茅舍
以为栖身之所
那些海滨甚多隐士
都是避纣昏乱的贤人君子
不必皆是本方人
正是那些四方人看得这个所在好
都要在此间避世了
内中最贤的便是
散宜生　南宫括　闳夭这三人
他三人志同道合　结交极深
初见姜尚到此居住
也道他不过是个寻常老者
只因海滨是个人迹不到的去处
凡在那里隐遁的

免不得要撞拢来讲些闲话
一日　散宜生等三人
正在海边游玩
只见姜尚从茅舍里走将出来
劈脸一撞
散宜生遂问姜尚道
这海滨有甚好处　你却独居于此
姜尚道
这也不过是偶然而已　并无甚么意思
散宜生见其出言不凡
就知姜尚是个隐君子了
又随口问了些道理的话
姜尚答来甚是精微
及至问起世故　姜尚又极谙练
间或姜尚问出一两句话来
三个人只好面面相觑
一句也答应不来
散宜生等三人遂向姜尚道
明日再来奉访
姜尚又独自在海上立了一会儿
也到家中去了
次日　只见散宜生等三人备了贽礼
径到姜尚家中
见了姜尚道
先生德盛义隆
我三人愿为弟子　伏望教导
姜尚道
既承下交　彼此切劘便了
散宜生等三人
遂请姜尚上坐　拜了四拜
自后竟为师弟之称

日日与他们讲解些道义
还与他们寻究些兵法
习以为常

十年之间
散宜生等三人勤学好问　孜孜不倦
渐入佳境
一日
姜尚自在草堂之上备了酒食
邀三人至　坐定道
教者与学者原是交相有益的
今尔等学业俱已精切
还须要夹辅我老人　无使衰怠
今后把师弟之称　必须搁起
尔我四人约为朋友　互相切磋
遂酌酒切肺　交拜四拜
以后俱要朋友相称了

诗曰：
松柏凝姿报岁寒
梗梗文杞老岩盘
公门独植桃和李
密友相携芝与兰

第四节　腹酝六韬

姜尚归隐故里十年
如鸟归旧林　鱼回故渊
韬光养晦　蓄势待发
他静观朝歌商纣政局变化

政治腐败带来的百姓疾苦
胸谋救民于水火
倾商伐纣改朝换代之法

中华大地
历来发展伴随军事斗争
姜尚对先祖治国治军的思想
进行系统的总结提炼
他反复推演
黄帝对炎帝的阪泉之战
炎黄对蚩尤的涿鹿之战
商朝对东夷的历次战争
对东夷部落首领
兵主蚩尤的文韬武略
展开深入细致的研究
逐渐形成了自己的
政治军事理论体系——
《六韬》

姜尚思考通过文伐与武略
夺取天下的战略战术
战前准备　他体会到
战争不仅仅是军事力量抗衡
更是一种政治运行形式
兴战必以道义为本
天下非一人之天下
乃天下人之天下
欲顺人心必先爱民
爱民的措施是与民共利
故善为国者
驭民如父母之爱子

如兄之爱弟
见其饥寒则为之忧
见其劳苦则为之悲
赏罚如加于身
赋敛如取己物
此爱民之道也
要达到政治清明
必选贤任能
辨别忠奸　赏罚必信
选拔人才的标准
一曰仁　二曰义
三曰忠　四曰信
五曰勇　六曰谋
是谓六守
这是君子应当信守的品德
经济是军事的支撑
要制定合理的经济政策
发展农工商　以达民富国强
大农　大工　大商
谓之三宝
农一其乡　则谷足
工一其乡　则器足
商一其乡　则货足
三宝各安其处
民乃不虑
六守长　则君昌
三宝全　则国安
如此　方具备兴兵条件
他把这些总结为文韬

文治和武功

是夺取胜利的双翼
他思考战时策略
必须做到三点
首先出师必有名
或吊民伐罪除暴治乱
或讨伐不义抵抗侵略
出师有名才能激励民心士气
兴义兵或起哀兵
胜利就有了一半保证
其次要削弱敌人力量
打乱敌人阵脚
利用敌内部矛盾
分化瓦解敌军
使敌自我溃乱
为军事进攻创造条件
故姜尚提出
全胜无斗
大兵无创
文伐武略
以非军事手段
克敌制胜的十二种办法
战争取胜还需
团结一致　上下同心
同舟而济
同病相救
同情相承
同恶相助
同好相趋
故无甲兵而胜
无冲击而攻
无沟堑而守

才可用兵如神　与鬼神通
他把这总结为武韬

战争爆发
对军事指挥部署
姜尚思考有两点
选好主帅第一
故兵者　国之大事　存亡之道
命在于将
将者贵在勇智仁信忠
五材兼备
勇则不可犯
智则不可乱
仁则爱人
信则不欺
忠则无二心
凡举兵帅师　以将为命
命在通达　不守一术
因能授职　各取所长
随时变化　以为纲纪
将帅是军队的命脉主宰
不守一术
将帅要具备选才任能
各取部下所长的智慧
做到智者为之谋　勇者为之斗
第二要有完整的军事机构
后勤　谍报　参谋　侦察　宣传
医务　虎贲　旗手　术士　接待
部门组织齐全
分工合理　任务明确
这样的军队

方能成为君王的羽翼
将帅与组织问题
是用兵的重中之重
龙是华夏民族的图腾
他把这总结为龙韬

宽阔地带作战
姜尚想到兵主蚩尤
征伐击败炎帝
一个重要原因
拥有先进的武器
故兴兵作战
充足的武器装备　如虎添翼
他开创性地想到了
兵农合一　寓兵于农
把生产工具与战斗武器
生产技术与战斗技术
生产组织与军事组织
生产工程与战争工程有机统一
有效解决兵员与兵器问题
在兵器器材充足的情况下
他思考突围　渡河　对垒
迂回　伏击　围城攻邑
反伏击　反火攻等
一系列战术问题
军队出击似猛虎
他把这总结为虎韬

他思考狭隘地带作战
如豹捕食灵活机动
林地作战宜扬长避短

弓弩为表　戟盾为里
反击敌人突袭
要抄敌后路　诱敌深入
面对强敌利则出战　不利则固守
若已成败兵之势要稳住阵势
冲乱敌人阵脚　反败为胜
山地　江河　沼泽地带作战
要摆出鸟云之阵
像飞鸟一样聚散无常飘忽不定
散合变化无穷　使敌上当受骗
若敌众我寡则虚张声势
引诱欺诈敌人
若敌我分头据守险要
以武冲为前　大橹为卫
材士强弩翼吾左右
可攻守保全
他把这总结为豹韬

他思考军队集中约合作战
步车骑兵协同作战
训练士卒冲锋陷阵
精选士卒　按类编伍
步兵脚跟脚　队列整齐划一
战车上的勇士
走能逐马　手能执旗
骑兵壮健捷疾　超绝常伦
战车作战趋利避害
战骑作战贵辟捷径
步兵作战进退自如
部署战地　约定时间
三令五申严明纪律　名告吏士

准确进入战位严阵以待
三军之众成阵而一统
敌变我变　以变应变
则战无不胜
他把这总结为犬韬

姜尚精研的六韬
经天纬地　包罗万象
系统缜密　精准实用
蕴含治国图强之道
伐灭强敌夺取天下之谋
治理军队统一行动
综合保障克敌制胜之策
多类战场环境下的战术运用
及车　骑　步诸兵种协调之法
为后来辅助文王武王倾商灭商
做好了政治军事理论准备

诗云：
待时海上踏涛声
胸中运筹百万兵
文韬武略横空出
垂天鹏翼展雄风

第三章　文伐倾商

第一节　垂钓渭水遇明主

姜尚隐居东海
但眼观六路　耳听八方
时刻关注天下大势
听闻西伯侯姬昌
仁德治国　礼贤下士　广罗人才
鼓励农耕　减轻赋税
使得周族百姓生活富足
修内政　睦邻帮　练精兵
国势蒸蒸日上
姜尚决意投奔西周以成大业
便对散宜生等三人道
吾闻西伯实是一个天下贤君
我四人何不同往观之
散宜生道
我辈亦有此意　正要过来说知
今日既已相订
就明日起身吧
于是四人收拾同行
前往西周进发
四人在路上商量道
我们意去西伯那里求仕

即是自媒自嫁一般
不如各人自去寻个所在安身
待西伯自来求我
那时方显得隐士之荣
到得西周地方
散宜生等自去闭门读书
或耕或樵不拘职业

姜尚在渭水边寻 僻静处
搭建起简易茅屋
常常手执纶竿 身披蓑笠
独钓于渭水磻溪之上
在离水三尺高的地方日日垂钓
引起了西伯侯的关注
姬昌喜猎
狩猎前 他都让史官占卜
欲先知所获猎物
这天 姬昌又出猎
让史官占卜
史官歌吟般地告诉他
到渭水边上去狩猎
将会有很大的收获
不是螭也不是龙
不是老虎不是熊
得到个贤人是公侯
上天赐你的好帮手
辅佐事业代代昌
惠及子孙万年长
姬昌斋戒三日
乘猎车 驾猎马
带着随从直奔渭水之阳

姜尚正在岸边悠然独钓
等着愿者上钩
忽见一彪车马疾驰而来
一人翻身下车
缓步来到面前
姜尚知是西伯侯
依然目视钓竿不动声色
看姜尚专心致志
姬昌拱手笑道　子乐渔耶
姜尚回答
君子乐得其志
小人乐得其事
今吾渔　甚有似也
姬昌道　奇哉此言
何谓其有似也
姜尚答道　钓有三权
禄等以权　死等以权　官等以权
夫钓以求得也　其情深也
姬昌曰　愿闻其详
姜尚答
源深而水流　水流而鱼生之
根深而木长　木长而实生之
君子情同而亲合　亲和而事生之
言语应对者　情之饰也
言至情者　事之极也
今吾言至情不讳　君其恶之乎
姬昌曰
唯仁人能受直谏　不恶其情
姜尚曰
缗微饵明　小鱼食之

缗调饵香　中鱼食之
缗隆饵丰　大鱼食之
鱼食其饵乃牵于缗
人食其禄乃服于君
以饵取鱼　鱼可杀
以禄取人　人可竭
以家取国　国可拔
以国取天下　天下可毕
姬昌问
树敛若何　而天下归之
姜尚曰
天下非一人之天下
乃天下之天下也
同天下之利者则得天下
擅天下之利者则失天下
天有时　地有财
能与人共之者　仁也
仁之所在　天下归之
免人之死　解人之难
救人之患　济人之急
谓之德　德之所在天下归之
与人同忧同乐
同好同恶者　义也
义之所在天下赴之
凡人恶死而乐生
好德而归利
能生利者　道也
道之所在　天下归之
一席话说得姬昌荡气回肠
知姜尚韬略盖世
言于姜尚

我先君太公曾说
将来会有武能安邦文能治国的
圣贤之人到周　周得以兴
您就是这位圣人啊
吾太公望您久矣
此后　姜尚被称为太公望
姜太公一名由此而来

西伯侯邀姜尚出仕辅佐
请他上车
姜尚为考验姬昌诚意
要他为之拉车方允登程
姬昌求贤若渴
请姜太公上车拉着就走
一口气走了八百步
终因体力不支瘫倒路边
姜尚在车上发话说
天数啊　西伯侯
你一共走了八百步
我保你周朝八百年
姬昌一听只有八百年
想继续拉车
太公说　天数如此
兴衰存亡自有定数　岂是儿戏
后西周　东周
江山共存八百年
这就是文王拉车的千古传说
太公同载回岐都
如龙腾大海　虎啸山林　鹰击长空
拉开了韬略灭商大幕

诗云：
白发苍茫钓渭水
不为金鳞意何为
屠国韬略遇明主
至情牵动太公归

第二节　智脱西伯出羑里

太公归国之后
西伯尊之为师
渐渐又闻得散宜生等三人的贤名
西伯都将布帛去聘他来
俱以四友待之
自此太公望　散宜生等
皆做了西伯见知之臣
当时纣王无道
闻得西伯是个圣人
听了崇侯虎之谮
把西伯侯囚于羑里
姬昌长子伯邑考
救父心切来朝歌
遭妲己设计陷害
被纣王杀死
并剁成肉泥　制成肉饼
赐予姬昌食用
西伯明知吃的是儿子的血肉
但是此时却不得不装出一副感恩戴德的模样
毫不迟疑地吃下去
使者回去将情况
一五一十地告诉了纣王

纣王一听都乐到天上去了
逢人便说
谁说姬昌是圣人
吃了自己儿子的肉还不知道
纣王对姬昌的防范
降到了历史最低点
给西伯的最后出狱
制造了最有利的机会

太公出谋令散宜生等
去犬戎氏取来
斑身　朱鬣　鸡目的骏马
去西海之滨取来白狐　青翰
去於氏取来怪兽
去莘国取来美女
去江淮之浦取来巨贝
同时　买通殷商嬖臣费仲
通过他献给了纣王
陈列在纣王宫廷
纣王见奇物　心花怒放
杀牛而赐之
于是释放了姬昌
并赏姬昌弓矢斧钺
使西伯得专掌征伐大权
太公用谋而西伯侯得释
是他军事思想的首次胜利
使姬昌避免了
重蹈其父季历
被困致死的厄运
使西周得以
重整旗鼓

为灭商战争奠定了基础

姬昌脱身羑里
叩拜姜尚求未来之计
姜尚教姬昌
献出洛西大片土地给纣王
请求纣王废除
炮烙　肉林　酒池
纣王一概应准
姜尚此计
笼络朝野人心
开文伐暴纣先端

诗云：
韬略初出显光锋
智救西伯出囚笼
气吞霓虹凌云志
灭商兴周踏征程

第三节　重民修德倾商政

西伯侯出狱而下决心灭商
时常与太公商议
治国安民的大计
必请教于太公
一日　姬昌问他如何治理天下
太公答　要成为
一统四海的王国必先富民
要成为统治一方的霸主
需让有知识的人富裕安适

若只做一个苟延残喘的小国
就让官吏富起来
若做一个行将灭亡的国家
就让国家的仓库充足
上面敛财多　意味着下面所得寡
故治国之道在于爱民
姬昌问如何爱民呢
太公答
利而勿害　成而勿败
生而勿杀　与而勿夺
乐而勿苦　喜而勿怒
民不失务则利之
农不失时则成之
省刑罚则生之
薄赋敛则与之
俭宫室台榭则乐之
吏清不苛扰则喜之
善为国者
驭民如父母之爱子　兄之爱弟
此爱民之道也

姬昌问君臣之礼
主位　主听　主明
太公曰
为上唯临　为下唯沉
临而无远　沉而无隐
主位重在安徐而静　柔节先定
善与而不争
虚心平志　待物以正
主听重在勿妄而许　勿逆而拒
许之则失守　拒之则闭塞

高山仰之　不可极也
深渊度之　不可测也
主明贵在目贵明　耳贵聪　心贵智
以天下之目视　则无不见
以天下之耳听　则无不闻
以天下之心虑　则无不知

西伯侯对太公言听计从
在朝廷　严禁朋党
严禁官吏与民争利
严禁徭役与民争时
度量统一　童叟无欺
四方诸侯一心一意
同务强国富民
太公继承发扬黄帝丘井之法
建议文王推行井田制　发展农耕
做到耕者有其田
四周其八为私田
居中为公田
其法兵不妨农　农不妨兵
守望相助　什物相保
井田治岐而兴周
西岐田野
一片繁忙景象

太公在西岐
行德治　轻刑罚
因德立威　教化民众
尊礼崇廉　尊老爱幼
一时道路上出现
画地为牢的景观

好让不争蔚然成风
当时虞　芮两国
为争夺田地发生纠纷
到周国找西伯侯评理决断
当他们进入周界就发现
耕者让田　行者让路
路不拾遗　夜不闭户
老弱有人搀扶
到了宫内
卿大夫尊卑互相尊重
循规行事　上下和睦
二位国君见此羞愧难当
说：我们与周人相比是碌碌小人
有何脸面留在这里
他们没有见到姬昌已互释前嫌
回国后让出相争土地
结为好友

太公巧用仁让示范
妥善解决了两国争讼
使之成为周的属国
从此　河东众多小国纷纷归附
削弱了商的政治影响
拓展了周王室的政治号召力
太公提议姬昌趁势称王
是为周文王
拉开了灭商兴周大幕

诗云：
爱民利民兴国本
得道多助天下顺

西岐称王图霸业
文韬初绽映乾坤

第四节　文伐战略剑出鞘

商人对西岐的崛起
忌惮而警惕
先杀季历　后囚姬昌
西岐如肆无忌惮地发展
必遭商朝严厉打击
要想图商　必先恭顺事之
待羽翼丰满实力雄厚
把握时机发起征讨
太公言于文王
鸷鸟将击　卑飞敛翼
猛兽将搏　弭耳俯伏
圣人将动　必有愚色
文王会意
表面对纣恭顺有加
率诸侯奉纣为共主
松懈其戒心
阴谋文伐剪商
制定了一系列策略
是为文伐十二策

因其所喜　投其所好
使其骄而轻敌
亲其所爱之人　分其权威

分化内部矛盾
暗中收买朝中权臣
为周提供情报
以珠玉美女厚贿对方　纵其淫乐
使殷商在自取灭亡的路上越陷越深
对殷商忠臣　暗中设计阻其成事
使纣王逐渐丧失对他们的信任
然后亲近拉拢他们
并促使纣王再次重用
最终为我所用
收买殷商国内外交人才
令其搞坏与盟国的关系
促殷商人才外流
引发敌国入侵
笼络利诱商纣近身宠臣
纵使挥霍　造成国库空虚
在无足轻重或
促其骄奢淫逸问题上
为其出谋划策
使其言听计从　任我摆布
极尽奉承之能事
使商纣妄自尊大刚愎自用
疏远圣贤之士
巧言令色　博取商纣信任
使其视我为知己
在不知不觉中倾其权柄
暗中收揽豪杰
并将我方勇士推荐给殷商

治国理政　实施文伐战略
需要一支人才队伍
姜太公向文王建议
举贤任能　王人者
上贤　下不肖
取诚信　去诈浮
强调举而能用
任以实职　给以实权
跟上督察措施
按名督实　选才考能
令实当其名　名当其实
文王推行太公
举贤任能用人路线
吸引了大批贤良人才入周
殷大夫辛甲尾随而来
列国贤人争奔
形成了西周
人才济济的盛况
诗经云：
王国克生
维周之桢
济济多士
文王以宁

姜太公和周文王
制定的文伐系列政策
涉及商纣方方面面　里里外外
像一把把软刀子游向殷商
在伐商的征程中

与真正的利剑一样
剑鞘一出　寒光逼人

诗云：
静水深流藏波涛
蓄势待发避锋芒
文伐战略惑朝歌
利剑出鞘削殷商

第四章　武伐灭商

第一节　联顺伐逆

武功　国之必备
当是时也　诸侯离心纣王
天下纷争已露端倪
欲完成除暴纣
安天下大计
必须培养一支
训练有素　装备精良
英勇善战常胜不败的
武装军事劲旅
为此　太公马不停蹄
选将励兵

他把选将放在第一位
要求将领必须具备
勇　智　仁　信　忠五才
勇则不可犯　智则不可乱
仁则爱人　信则不欺
忠则无二心
选拔出五才俱备的将
为训练一支勇武之师
奠定了基础

教战训练精兵
太公强调
凡领三军　必有金鼓之节
以整齐士众
将必先明告吏士
申之以三令
以教操兵起居
旌旗指麾之变法
教练吏士
先使一人学战
教成　合之十人
十人学战
教成　合之百人
百人学战
教成　合之千人
千人学战
教成　合之万人
万人学战
教成　合之三军之众
大战之法
教成　合之百万之众
练士考评合格后
按照士卒类型特点
分别组合为
冒刃之士　陷阵之士
勇锐之士　勇力之士
寇兵之士　死斗之士
敢死之士　励钝之士
必死之士　幸用之士
待命之士　十几个类别
以使用兵精当如神

练兵演阵　太公要求
三军之众
闻鼓声则喜　闻金声则怒
高城深池
矢石繁下　士争先登
白刃始合　士争先赴
虽然千军万马
行动如一人
太公练就了一支
如狼如虎　如雨如风
如雷如电　天下尽惊的
常胜威武之师

太公深知举兵伐纣
若邻国乘虚而入
将一发不可收拾
大军离境前
先要靖平邻邦
开始紧锣密鼓地讨伐
对商死心塌地的属国
逐步剪除商纣的羽翼
军事行动前
太公制定的是
联顺伐逆政策
先对周的北面和西面
几个威胁较大的部族
进行军事打击
大败犬戎
随后击灭了阮　共等小国
初战告捷
鼓舞振奋了士气

太公和文王
欲选择下一个打击目标
太公说：密须氏疑于我
可先伐之
当时　密须是商属国中
实力较强的一个
文王的儿子管叔出面阻拦
姜太公说
对强大跋扈的敌人下手
把嚣张抗命的强敌打败了
可以杀一儆百
其他诸侯就会俯首听命
文王赞同太公的意见
说：密须对周有威胁
必须伐他
听太公调遣
遂起兵伐密须
围困了密须国都
密须人走投无路
抓住国君向文王献降
接着　周人趁势东进
灭掉了黎国和邘国
逼近了商王朝京畿近地

在姜太公的策划下
西周军队取得了一连串胜利
又把目标对准了
殷商西方最大一个属国：崇国
崇侯虎是纣的忠心拥护者
曾向纣王谗言

使西伯姬昌险丢性命
崇国拥有关中平原
土地肥沃　实力强大
不剪除崇侯
将是伐纣的一大障碍
崇国的防御设施
庞大而坚固
周军攻击三旬而崇不降
太公令军撤出战斗整顿
后集中兵力修筑土山
并用钩　梯　临车　冲车等
器械攻城
一举攻克崇城
周灭崇　不仅报仇雪恨
剪殷商羽翼
且扫平了东进伐纣的障碍
打开了进攻商都朝歌的要冲大道
周文王于此地建丰宫
徙都于此
对朝歌虎视眈眈

崇国败灭
震动了商王朝
不仅西边的门户洞开
更多的诸侯国慑于形势
投入周的阵营
西周势力
自朝歌西北绕至西南
东达江淮　南及江汉
深入巴蜀
形成了对商都朝歌

钳形半包围态势
实现了天下三分其二归周
灭商的前期准备工作
在姜太公的韬略下圆满完成

诗云：
缔造王师龙虎啸
联顺伐逆势如潮
天下三分二归周
剑指朝歌逞英豪

第二节　孟津会盟

灭崇迁都之后
文王病重卧榻
召见太公
太子发在侧
将发托付太公
求太公将古代圣贤
治国安民之道
明传给他的子孙
太公曰
见善而怠　时至而疑　知非而处
此三者　道之所止也
柔而静　恭而敬
强而弱　忍而刚
此四者　道之所起也
故义胜欲则昌　欲胜义则亡
敬胜怠则吉　怠胜敬则灭
此圣贤治国安民之道也

姬发在灭商兴周大业中
——遵照

文王姬昌脱身羑里之囚
九年后　不幸驾崩
官民罢市号哭
五岳之峰　银装玉砌
江河湖海之水　雪浪霜涛
君崩国丧
是诸侯国最大的事
一切政治　军事行动都要停止
治丧压倒一切
时间往往长达三年
否则便是非礼
西周伐殷商　如车行半坡
稍有不慎将前功尽弃
姜太公深知　时不易得
时至不疑　才能大功必成
他主张从势简礼
立即扶太子发即位
称武王

姜太公　灭商计划的策划者
备受周王室倚重
武王破例尊称他为
师尚父　拜为国师
真正成了周的柱石
这时他已是
八旬白发老翁

武王即位

继承文王灭商大业
向太公请教军事策略
选将用兵问题
有次武王问
如何识别将领
太公为武王讲授
选将　立将　将威
识将有八种方法
问之以言以观其辞
穷之以辞以观其变
与之间谋以观其诚
明白显问以观其德
使之以财以观其廉
试之以色以观其贞
告之以难以观其勇
醉之以酒以观其态
立将之法
勿以三军为众而轻敌
勿以受命为重而必死
勿以身贵而贱人
勿以独见而违众
勿以辩说为必然
士未坐勿坐　士未食勿食
寒暑必同
军中之事
不闻君命　皆由将出
树立将威
杀一人而三军震者　杀之
赏一人而万人悦者　赏之
杀贵大　赏贵小
刑上极　赏下通

是将威之所行也

武王问　选好了将才
用兵之道的关键是什么
太公回答
凡兵之道　莫过乎一
一者　能独往独来
黄帝曰：一者
阶于道　几于神
用之在于机　显之在于势
成之在于君
故圣王号兵为凶器
不得已而用之
武王又问
攻伐之道奈何
太公曰：此为军势
势因敌家之动
变生于两阵之间
奇正发于无穷之源
善胜敌者　胜于无形
事莫大于必克
用莫大于玄默
动莫神于不意
谋莫善于不识
夫先胜者
先见弱于敌而后战者也
故事半而功倍焉
用兵之害　犹豫最大
三军之灾　莫过狐疑
善战者
见利不失　遇时不疑

是以疾雷不及掩耳
迅电不及瞑目
赴之若惊　用之若狂
当之者破　近之者亡
孰能御之
武王受教
更加坚定了灭商信心

不久　武王接受太公建议
在沣水营建新的国都
名为镐京
镐京的建成
是周对商的示威
表明国力上升到了新的高度
反观商王朝日暮西山
国力已渐衰竭
商周力量发生了
根本性变化
灭商条件
一天天走向成熟
姜太公和周武王
并没有急于求成
武王即位第二年
为测验各方国部落伐商态度
军队战备情况
精心策划了规模空前的
孟津会盟

据礼制
国有军事行动
君要献祭主管兵事的天星

申明出兵要义
祈求上天佑护
周发孟津前
武王依照传统行事
于城郊隆重祭奠天星
礼毕　武王立于战车
申明除暴纣　安天下的使命
称吾太子发
奉文王遗命伐纣
不敢自专
以号令诸侯
礼毕　把文王的灵牌载军车中
震慑诸侯　鼓舞士气
武王身披帅袍
傲然立于军中帅车之上
左杖黄钺　右秉白旄以誓
曰：苍兕苍兕
总尔众庶
与尔舟楫
后至者斩
军令一出
兵行如流浩荡东进
直奔孟津

途中百姓列队欢呼
并时有吉祥之兆出现
武王乘舟渡河
行至中流　白色大鱼
跃入船中
过河宿营
赤乌鸣于帐顶

白者　殷之正色
赤者　周之正色
都是殷将灭　周将盛的兆头
士气大振
顺利抵达孟津
不期而会者八百诸侯
检阅车舟阵演
诸侯军配合默契
攻占自如
显示出强大的战斗力
军势大　军威壮
会盟诸侯和部落首领
宣誓接受武王指挥
皆曰：纣可伐也
呼吁一鼓作气
乘势灭商纣

太公辅助武王举行这次
阅兵会盟
目的在试探
天下人心和诸侯国态度
验证周在诸侯中的
政治号召力
他看到了百姓拥戴
诸侯国群起响应
预期目标达到
但不主张顺势讨伐
他深知瘦骆驼比马大
攻破朝歌
绝不像会盟这么简单
太公言于武王

天道无殃不可先昌
人道无灾不可先谋
必见天殃又见人灾　乃可先谋
必见其阳又见其阴　乃知其心
必见其外又见其内　乃知其意
必见其疏又见其亲　乃知其情
他让武王诏告会盟诸侯
灭殷天时未到
各自回师待命
太公言于武王
传话给商纣王
说孟津会盟
是武王继承父业
给纣王训练精兵以保商
纣王心安
这次会盟
揭开了军事伐纣的序幕
从此孟津称盟津

诗云：
文王大计武秉承
孟津会盟厉精兵
八百诸侯同心向
商亡周兴显清明

第三节　牧野决战

姜太公与武王观兵盟津
检阅了拥周力量和军事实力
但对殷王朝内部虚实

了解不透彻
为做到知己知彼
姜太公对殷商内部
加强了侦探力度
会盟之后的两年内
纣王的昏虐越发严重
商统治集团开始分裂

箕子看到商危在旦夕
劝谏纣王
散鹿台之财
发巨桥之粟
斩妖妇于宫闱
诛贼臣于市肆
如此天命可留　人心可回
纣王说他得了疯症　把他囚禁起来
微子启多次进谏　纣王怒
微子启见大势已去
不敢久留　远逃他方
遂朝野噤声
王叔比干身居相位
看到朝堂之上无人再谏
曰：为人臣子
见君暴虐畏死不谏
非忠之至也
他闯入殷宫进谏
在殿上长跪
三天三夜不起
纣王暴躁
质问：你凭什么这样逼孤
比干曰：臣凭一颗忠义之心

纣王吼：你要陷孤于不义
听说忠义之心有七窍
孤先看看你的忠义之心
遂命武士剖比干腹　挖比干心
当世名臣　如此悲惨
众臣深感商纣王无可救药
人人自危
殷商宫廷阴霾弥漫

太公收买和安插的商宫内探回报
殷宫内已大乱
忠臣走的走　死的死　囚的囚
大权落入奸佞之臣手中
不久又回报
殷朝堂空虚了
有正义感的人避乱出走了
过了段时间
有人回报说
商都大乱了
武王急问详情
回答：殷人对纣
有怨却不敢说
想逃又无处逃
天天盼圣人天降
除暴纣安天下
武王见商已陷入绝境
又看到商王朝中两个管理祭祀的乐官
太师庇和少师疆
抱了宗庙中祭祀时使用的乐器
离商投周
还知悉商纣王发重兵攻打东夷

朝歌兵力空虚
问师尚父
仁者　贤者亡矣
商可代乎
姜太公与武王
全面分析形势
谗佞胜过忠良　称之为僇
贤臣离朝出走　谓之政崩
百姓怨恨而不敢言　谓之刑胜
姜太公肯定地说
先谋后事者昌
先事后谋者亡
夏条可结　冬冰可折
时难得而易失
灭商时机成熟
并向武王提议
天命勿违
苍天授予而不取
反受天谴
遇时不疑
时机成熟不行动
反遭祸殃
兵胜之术
密察敌人之机
速乘其利　疾击其不意
即刻发兵伐纣
武王接纳建议
即遍告诸侯
殷有重罪
不可以不毕灭
命各路诸侯出师

吊民伐罪

各路诸侯闻命而动
调集精兵强将
除了内地诸侯
边远蛮夷戎狄邦国
庸　蜀　羌　髳
微　卢　彭　濮
望旗赶来参战
周集合兵车300乘
虎贲3000人　甲士45000人
在盟津会合后
武王与师尚父率周军居中
诸路并进　浩浩荡荡
直取殷都朝歌

武王伐纣
是一场诸侯伐天子
臣伐君　下伐上的战争
因而叫逆取
这是周军克敌制胜的
一个不利因素
这又是一场以少胜多
兵力和武器装备
众寡　强弱悬殊的战争
足以让周国群臣疑惧
这次军事行动
时在武王四年冬季
大军出发前
武王令占卜
卜龟呈不吉之象

又恰遇风雨暴至
随军众臣生惧心
向武王提议缓行
周军是诸侯伐商的
中路军　主力军　表率之军
若周军缓行
将造成诸侯军退缩
继而全线失利
面对众人的疑惑
武王的不决
姜太公深知
大军迟疑的严重后果
他恃自己在周人心中
深懂占卜之术
态度坚定地对众臣说
龟壳朽骨　蓍草枯叶
怎能预知吉凶呢
当众踩碎龟壳　折断蓍草
并说：你们看
它们哪有什么神灵
我们不要因迷信朽骨枯草
贻误战机
强劝武王率军前行

排除思想干扰
又遇恶劣天气挑战
大军过汜水
遇上河水泛滥
经怀山　武王乘车遭损坏
过共头山　遇山石崩裂
西周重臣武王弟霍叔

因此劝止武王和姜太公
出兵三日遭五灾
是否上天在阻止我逆伐
周公旦附和：
天不佑周矣
君德行未尽　百姓疾恶
故天降吾祸
有人附会说
这是天意　周军不吉
更有人说
今年凶神太岁在东
我军冲太岁前进正犯凶神
太公察觉
军中思想又有反复
说　凡天道鬼神
视之不见　听之不闻
索之不得
不可以治胜败　不能制生死
故明将不法　智将不怯
愚将拘之
吊民伐罪乃救民义举
天若阻我
岂不是天不爱民
霍叔等无言以对
大军继续前进

军至邢丘
狂风把武王的车楯折为三
乘马被响雷震死
大雨三日不休
这对笃信天命

动辄听命于鬼神的
武王群臣
无疑是当头棒喝
武王心生疑虑
问师尚父
意者纣未可伐乎
太公见武王心动
又加群臣撺掇
顿觉形势严峻
若回师就是放弃了
倒殷商建新朝的大业
将造成历史的倒退
当前首要任务是说服大家
继续伐纣大业
太公首先取得
文王四子周公旦
文王长庶子召公奭支持
以纵观历史的眼光
人可胜天的气魄
谋略家的智慧
坚定地向武王解释
楯折为三者
军当分三也
大雨三日不休
欲洗吾兵也
震死乘马
意改换壮马也
武王一听全是吉兆
心宽意坚
遂不再疑

太公接受之前教训
为防止再生异端
影响军心士气
过河毁桥　过栈烧栈
渡过最后一条河
将船只全部沉毁
使联军不得后顾
并坚定地宣布
武王吊民伐罪
为父报仇　令死无生
我等要怀有
以死换取胜利的决心伐纣
只有前进　没有退路
三军领命奋勇争先
各路诸侯军效仿周军
义无反顾直扑朝歌

伐纣大军行进途中
孤竹国君两个儿子
拦住去路说
父死不葬而急于取天下
不合孝道
臣伐天子不合礼仪
武王问师尚父
太公曰：干大事业
不顾及细微礼仪
立大功德
不计较身后小过失
遂把二子扶走
大军挺进直驱
兵至鲔水

纣王派使迎来
使臣胶鬲入帐拜见武王
问道：君有何图
望如实告我
武王说：我率师吊民伐罪
将以甲子日至殷郊
子以是报矣
胶鬲返殷都后
又遇连日阴雨
军士连续病倒
行军困难
有人建议
天晴再行军
太公说不可
不能因天气贻误战机
在这种形势下
我军更应风雨兼程
对商军出其不意
方是用兵之道
太公名义上使武王
用实情告胶鬲
实则大谋
冒雨昼夜急行军
以图提前到达牧野
武王命军急行不辍
于癸亥日进驻近郊牧野
提前一天进入阵地
士兵得到休息
群情振奋
战场虽在朝歌之近郊
但周军先到

来了个反客为主
以逸待劳

周军与诸侯军
牧野安营
举行庄严的
誓师大会
太公为武王
撰写决战誓词
武王登台宣读
首先揭露殷纣
背弃祖宗　骄奢淫逸　听信妇人
任用邪佞残害骨肉忠良
鱼肉百姓涂炭生灵等罪恶
对联军将士
宣布作战纪律
勉励将士英勇杀敌
对各路诸侯
各部族首领
各级官长士卒
郑重誓言：
吾姬发
恭敬地执行
先祖和上天的旨意
吊民伐罪
今天作战
大家努力遵守军令
齐头并进
人人勇猛威武
像老虎　像熊罴
像豺狼　像螭蛟

在这商郊牧野
不要杀害那些
逃来投降的纣兵
可带他们回到西土
将士们
努力杀敌立功吧
武王的临战宣誓
使士气更加高昂

纣王闻知周军兵临城下
仓促武装大批奴隶战俘
连同守卫国都的军队
约十七万人
开赴牧野迎战
两相比较　数量悬殊
太公注重战略战术
将三百辆
四匹马的大型战车
编为前锋方阵　担任主攻
又亲自带领一支
英勇善战的虎贲精兵
疾如流矢冲进敌阵
向商军步兵方阵猛烈攻击
武王亲率主力跟进冲杀
这是师尚父独创的战法
以战车集团　虎贲精兵
实施正面突击的新战术
商军惊骇
在攻击中
太公又巧用奇谋
有分有合

左冲右突疾击前进
势如破竹　所向披靡
商军虽众
但多为奴隶囚徒组成
他们心欲武王亟入
兵无战心
有人逃跑保命
有人倒戈
向纣王的嫡系兵马杀去
商兵将领见状失去斗志
有的被刺杀
有的落荒而逃
纣王不能控　阵法大乱
如山倒滑坡　溃不成军
纣王带着少数人马
仓皇退往朝歌
周军和倒戈的商军
将朝歌团团围住
纣王见大势已去
绝望地登上鹿台
鹿台金宝如山
纣王不肯与周人
命举火焚之
穿上金缕玉衣
哀叹一声　投火自焚
诗经云：
牧野洋洋
檀车煌煌
驷騵彭彭
维师尚父
时维鹰扬

牧野之战
周军与诸侯联军大胜
成为灭商兴周的
决定性战役
在我国军事史上
具有重大意义
这是以少胜多的
最早战例
姜太公第一个树立起了
兵与德兼用
文与武并行
用兵韬略世界典范
西周的历史大幕
被太公挥手拉开
崭新的政治舞台
豁然亮出

诗云：
牧野大战写辉煌
吊民伐罪灭殷商
开天辟地千秋业
六韬神机万古扬

第四节　分封诸侯

诸侯联军大获全胜
太公引武王入商都
周公旦手持大钺
召公奭手持小钺

左右夹持周武王
浩浩荡荡进朝歌城
市民夹道　欢声雷动
有百姓指着太公说
这是我们的新君吧
商容曰：非也
其人虎踞而鹰峙
威怒自副　见利欲发
进不顾前后
是我们的姜太公

武王登上鹿台
采用师尚父策略
宣布纪律
勿燔人积蓄　勿坏人宫室
冢树社丛勿伐
降者勿杀　得而勿戮
示之以仁义
施之以厚德
令其士民曰
罪在纣王一人
言毕　以黄钺斩纣头
悬大白之旗以祭天
用玄钺砍下妲己的头
挂小白旗杆以示众
释放后宫宫女
遂昭示天下
殷商王朝灭亡
一个崭新的周王朝
脱颖诞生

纣王的暴行和战乱
令百姓流离失所　苦不堪言
渴望仁君临朝　生活安宁
太公佐武王顺民意
把纣王横征暴敛的
金银珠宝　粮食锦缎
分发给百姓
史称：散鹿台之财
发巨桥之粟
以赈贫弱萌隶
充分体现了太公的
爱民思想

武王入朝歌
因纣王无道隐退的
殷之贤臣商容率百姓迎接
武王知其贤　表彰留用
此后　培筑比干陵墓
让后人祭祀
开释箕子安排高位
把象征天下最高权力的九鼎
迁往周国
以示王权更替

武王平商而王天下
通过太公制定的一系列措施
安定了人心
笼络了旧商的贵族阶层
周的统治得到初步巩固
武王问师尚父：
五帝之戒可得闻乎

太公曰：
黄帝居民上
摇摇恐夕不至朝
尧居民上
振振如临深渊
舜居民上
兢兢如履薄冰
禹居民上
栗栗如恐不满日
汤居民上
翼翼惧不敢息
武王曰：如尚父言
因是为戒随躬

为新周长远发展大计
太公与周公建议武王
分封诸侯
辅佐武王
对异姓功臣谋士
周姓王室贵族
先代帝王后代
进行封赏
太公以首功封齐
周公旦封于鲁
召公奭封于燕
他们接受殷商诸侯叛乱
鞭长莫及的教训
将姬氏宗亲安排在
内域或外域要地
编织了一张波及全国的
宗亲统治网络

加强中央集权控制
为安抚异族
分殷畿为
邶　鄘　卫三国
封纣王之子武庚于邶
以承纣祀
封王弟管叔　蔡叔
居鄘　居卫
监视武庚
封神农炎帝之后于焦
黄帝之后于祝
帝尧之后于蓟
帝舜之后于陈
大禹之后于杞
使他们归心向周

诸侯分封已定　各得其所
然太公与周公　召公
并未随即离周赴任
而是辅佐武王推行安周大计
中原沃野千里
适合农业生产
太公辅佐武王拟定了
以农为本的治国方略
制定《彻法》
扩大农民生产自主权
刺激农业生产积极性
制定《九府圜法》
对布帛的
规格　形制
计量　比价等

做出了规定
方便交换与流通
加强了工商业和经济管理
为西周奠定了
八百年昌盛之基

诗云：
云开雾散见太平
江山万里一时清
诸侯黎民心安定
太公韬略大周兴

第五章　封齐建国

第一节　首功封齐建大邦

太公封齐
是太公与武王商定的
周初靖边安周重大决策
当时　齐地方国林立
实力强大者十余国
胶东半岛的莱　夏
太公故里吕
杞　谭　蒲姑
皆为殷商时的诸侯国
还有奄　熊　盈等国
他们世居东夷之地
根深蒂固
因姓氏居地不同
各自形成了
独立的文化图腾
靠山祭祀山岳
崇麟　崇凤
靠河海祭祀河海
崇龙　崇龟
但方国之间
地势犬牙交错

且皆尚武崇仁
从共工到蚩尤
强项精神传承不废
仁而好生　见利而让
传统礼俗上下一体
他们不依附中原
桀骜难服
殷商多次征讨皆未果
周代商拥有天下
这些方国并不信服
也不相信周会善待他们
东夷不服
周的边境就难以安宁
东夷齐人的背向
决定着新生周王朝的安危
太公出身东夷
熟知东夷山川地理　风土人情
入齐　以夷制夷
预防管叔　蔡叔
武庚　东夷诸国叛周
太公为周三公首辅
集军政大权于一身
位高权重　威慑诸夷
封太公于齐
可定周　安边　降夷
一举三得

太公率领文武百官
携家人侍从　车乘辎重
浩浩荡荡东行就国
一路跋山涉水　晓行夜宿

多日才入齐国西境
日暮宿于客舍中
客舍主人
早知周派员入莱夷
封齐建国消息
准备争夺营丘
旁敲侧击说：有道是
时难得而易失
这些人行动迟缓
哪像赴国建都的样子
太公闻言而起
预料前途有阻
急唤随从连夜赶路
黎明至国

太公一入国境
证实了店家老翁之言
莱人听说太公营丘建都
已发兵来争
周商战争期间
莱夷趁机
臣服了周边几个小国
实力变得强大
成为一方领主
太公本是莱国的
姜姓族人
但代表新兴的
周王朝利益而来
对莱利益构成威胁
莱欲与太公一争高下
以图挤走太公

太公见莱列阵以待
遂先以礼相待
派使函示莱侯
说武王贤德爱民
诸侯拥戴　万国降服
劝莱侯西向事周
同兴新朝大业
莱侯自恃力强　拒不从命
一定要夺营丘　踞齐地
太公对众将说
莱侯不识礼　把他赶回去
太公随从都是
训练有素的强将精兵
莱人虽众
但兵不整　旅不饬
一遇太公强兵　落荒而逃
太公一战击败莱侯
率众进入营丘

太公建都营丘
遇到内部顽民阻挠
他采取顺者任之以德
逆者绝之以力的政策
对刁蛮不化者　惩一儆百
司寇营汤
巧言令色　结党营私
暴虐百姓　滥杀无辜
太公知后
以征询治国之道为话题
让他说一说治国主张
营汤说：治国之道

只用仁义就够了
太公说：
能与人共利者为仁
同忧同乐　同好同恶者为义
你满嘴仁义　阴阳两套
强宗侵夺　凌辱贫弱
受贿暴民　诛杀无辜
你这种仁义治齐
伤庶人之业　只能生乱
必须改弦易辙
营汤不从
太公令人诛之
以正政令

齐地东部
有被称为贤人的居士
狂矞　华士兄弟
他们自我标榜
不臣天子　不友诸侯
耕作而食　掘井而饮
无求于人
太公听说后
三次登门均被拒
太公说
这种行为影响开来
我何以治齐
遂下令处罚
周公知后派人传话
说狂矞　华士是贤人
处罚贤人
会造成不良影响

太公传言于来使
不仕则不治　不任则不忠
贤士不为君主所用
比如良马不听奴仆驱策
套车它不拉
驮物它不走
赶它它不动
这样的宝马影响到全群
就是害群之马
且臣民
轻爵位　贱有司
羞为上犯难者
伤功臣之劳
民不尽力　非吾民也
可怒而不怒　奸臣乃作
可杀而不杀　大贼乃发
只有除掉
才能兴齐国
请周公理解我的良苦用心
来人回周公处复命
太公诛狂矞　华士兄弟
齐人再无敢违命抗法者
太公杀东夷不臣之士
削弱东夷族人才结构
减少其潜在叛变动力
齐国局面迅速安定
五个月后
太公向周王朝述职报政
周公听太公说
已安定了齐国大局
十分惊讶

在这个氏族关系复杂
土著士人性格难服的东夷
五个月定疆域
实乃奇迹

齐国形势稳定后
姜太公开始制定
治理齐国的大政方针
首先把营丘建成齐国
政治经济文化中心
依据山河地势
城区规划为
南北长4.5公里
东西宽3.5公里
城中有城
大城门东西各一座
南北各两座
小城门东西北各一座
南门两座
城内道路　主干道十条
东西南北交叉成井字形
路宽15到20米　跑战车辎重
城内排水设施齐全　涝期无害
出水口从地下通往城外河道
用巨石犬牙交错砌成
水流顺畅　人不得入
城内商业店铺林立
营丘成为一座
君居之宫　卿大夫住府
兵营民宅
工商业齐全的都市

营丘的建设
是姜太公入齐之初的
奠基工程
东方大国形象
脱颖而出

诗云：
东海太岳流芳裔
诞周首功封大齐
挥刀斩乱都营丘
东夷故国映晨曦

第二节　因俗施政行德治

太公封齐
马氏求和
太公取水一杯倾于地
令妇收水
唯得少泥
太公曰：若能离更合
覆水定应收

太公是东夷人
黄帝　颛顼　帝喾
尧　舜五帝
尽出东夷
在他心目中
东夷的传统文化习俗
甚至胜过西周
他继承和发展了

五帝之道
伯夷典礼制度
因俗制礼
简化夏商以来君臣之礼
只在国家礼仪方面
以周礼为准
避免与周发生矛盾
施政方面
不照搬周人制度
唯贤是举　唯才是用
经济发展抛开以往统治者
重本抑末政策
改革夏商以来封闭之制
实行对外开放
一个系统完整的
国家治理体系
新鲜出炉
使齐国具有
开放性　进取性
国力日渐强大

齐国疆域广大
初封面积已达五百里
对此五百里封地
五月而定边定国
周公旦不解
太公解释说
平定莱夷之后
我做了两件事
因俗简礼　尊贤尚功
修政因其俗

尊贤智　赏有功
对东夷的礼俗
只要不悖周礼
均允许沿袭使用
若有改变
也是向着利民的方向发展
只有政简易行
民才易于接受　乐于接近
这样就安定了士民
使他们一心归周
在用人制度上
改革传统的以血缘亲疏
划分尊卑贵贱
抛弃任人唯亲
不管氏族同异
不分出身　门第　国别
不拘一格
提拔重用有才有功者
调动天下人的智慧治理天下
发挥全国人的力量富强国家
愿为齐国出力的
均安排合适位置
发挥他们的作用
一时有才之士纷纷奔齐
络绎不绝
此后　齐国八百年
每个兴盛的历史阶段
都重用一批
出身寒微的政治家
号称强国的事业
是平民政治家干出来的

在中国广阔的
人才思想画面中
这无疑是
举贤乐章之金声
儒　墨　法诸家的
尚贤思想主张
皆可溯源于此

赏罚制度是国家大政
保证政令畅通
必辅以法律
做到礼法兼用
太公因事制宜而立法
各当其时而立法
先德后刑　重德轻刑
先教化　后刑法
先礼仪　后刑禁
先德治　后法治
一张一弛　刚柔相济
立法　观民顺俗
听无不闻　虑无不知
通其变　使民不倦
神而化之　使民易之
使法律的制定实施
与其他政令一样
以实现富民强国
长治久安为功效
树立起了礼法并用
德威兼行的典范

周公感慨地说

为政简易　顺着民意行政
民自然乐意接受
并为之效力
周公看到了齐的前途
感慨地说：呜呼
鲁后世其北面事齐矣

诗云：
治国方略利百姓
政通人和天下宁
挥毫泼墨万民意
大国宏图展画屏

第三节　三宝并重兴国本

从齐都到民间
各项管理制度完善后
姜太公把重点放在
发展壮大齐国经济上
太公说：
大农　大工　大商
谓之三宝
农一其乡　则谷足
工一其乡　则器足
商一其乡　则货足
三宝各安其处　民乃不虑
三保定　则国安
三宝并重是太公创立的
自然经济与商品经济
有机结合的经济体制

这个模式源于神农氏
教民耒耨之利的原始农业
日中为市　交易而退的原始商贸
太公充实升华于
安周兴齐
富民强国中

民以食为天
立国　必以足食为先
重农　是太公的首当所务
齐地沿海地潟卤　人民寡
太公召集流民
劝其安居乐业
垦草莱　辟荒地
变盐碱地为良田
增加粮食生产
强调不以徭役之故
害民耕绩之时
确保适时耕作
强调开辟田野　繁育六畜
奖励务农滋植桑麻
强调男子种田有一定亩数
女子纺织有一定尺度
各乐其业　各务其功
齐国村野形成了
丈夫平壤　妇女织布
春拔草棘　夏耨田畴
秋刈禾薪　冬实仓廪
存养鳏寡孤独
赈赡祸亡之家
百姓安居乐业的

生动局面
万民富乐而无饥寒色
百姓在家门前实现温饱
戴君如日月
亲君如父母

齐地有工业发展基础
太公发挥地方优势
开掘地方资源
从传统地方手工业和
兵器制造业入手
发展丝绸　刺绣　器具
冶炼　兵器　车辆
船舶制造诸业
尤其丝织和刺绣
起源于后稷之世
源远流长
太公鼓励齐地妇女
发挥所长
务必纺织刺绣
突出工艺技巧
使齐国生产的冠带衣履
畅销天下
纺织业　刺绣业
丝绸生产和加工
成为齐国富强
冠绝列国的经济支柱
对后世
都产生了深远的影响
齐地世代相传的巧工
用齐地生产的丝绸

专门精制帝王冠服
历周秦汉代而不替
天下别无二处

农业和手工业的发展
又加齐地广阔丰饶
取之不竭的海产鱼盐
让齐国货物
品类齐全　丰盈充足
太公开始重视
通商工之业　便鱼盐之利
促贸易　通末业
全面发展商业流通
他打开国门
为诸侯商贾立宾舍
发展与各国的通商贸易
让齐地产品源源不断
走出国门　货通四海
源源货出　源源利来
齐国形成了
都城商铺林立
乡间集市人流如织
人无闲人　地无闲田
官用饶足　民不困乏
上下俱足
天下商旅纷至沓来
五方之民聚居齐都
乐其俗　恋其富而不归的
生动局面
收到了
来天下之民

聚天下之财的经济效果
达到了以天下之财
利天下之人的目的
齐都成为富冠海内的
天下名都

商业发达推动了
货币的制造和流通
齐国货币随着货物流通天下
太公因地制宜
发展地方经济的
治国方针
奠定了齐国
政治务实精神和
开放意识的基石
把一个地薄人稀的
荒僻之地
变成了物丰民衍的
富庶之邦
世为强国的大齐

诗云：
考古博今举三宝
富民强基齐丰饶
天下名都利天下
打开国门如海潮

第四节　东方大国率诸侯

周武王四年冬十二月
武王崩
太公与周公召公等
拥世子姬诵践位
即成王
成王年少
暂由周公旦摄政
待其年长后还政于王
武王的弟弟
管叔　蔡叔　霍叔
分封于管　蔡　霍三国
监视纣王子武庚
及大批殷商遗民聚居地
史称三监
三监闻知周公
临朝行天子事
疑其将篡位夺权
联合问罪周公
周公恐慌
以三监背叛周天子的罪名
欲兴师讨伐
太公闻知　波澜不惊
他说：兄弟相伐不详
派人劝说周公罢兵
其时　姜太公谋略
等武庚叛乱
再出兵镇压

出师有名

三监见周公欲动兵
果然与武庚
内外勾结叛周
由于武庚的乘势而入
西周王室内部之争
变成了殷商遗民复仇
旧朝复辟的叛乱
特别是乱发京畿
外邦诸侯有人响应
形势就更加严峻
武庚起于殷
管叔发于庸
蔡叔发于卫
霍叔起于邶
对周室王城形成
三面进攻之势
太公说时机成熟
刻不容缓
可举兵平叛

周公以制礼作乐
序次管政为能事
但不能带兵平乱
其时　太公长子吕伋
早在王宫任虎贲氏
已是周王朝的重要将领
多次荣立战功
以武官被任为王官
周公以天子之命

令吕伋带兵东征

太公迅即起兵西进
与吕伋接应
在两路大军的夹击下
败武庚　诛管叔
三监之乱被平息
蔡叔流放
霍叔降为庶人
武庚残部窜入东海上
以将领飞廉骁勇顽抗
太公驱飞廉于海隅而戮之
擒杀了武庚

内乱引来了外患
南境淮上九伯皆叛
向来不服中原王权的
蒲姑和奄　熊　盈　徐
东夷五侯
自恃实力强大
在太公和吕伋分别撤回时
起兵叛周
并发布讨伐周王朝檄文
欲复兴商王朝
企图驱逐太公夺取齐国
给周王朝造成重大威胁
周公闻报大急
火速派人求救于姜太公
并令吕伋二次出兵
太公与吕伋再次联合作战
灭蒲姑　平定五侯九伯

太公一鼓作气
乘胜制服不顺者五十余国
中原　东夷之乱平息
周王朝转危为安
太公　吕伋并列
二次安周大功

为褒奖姜太公和吕伋
成王命召康公姬奭
传天子令
东夷五侯之地赐封齐国
并特授予
"五侯九伯　汝实征之"的
征伐大权
把东抵渤海　西及黄河
北至无棣
南达沂水穆陵关的
广大土地
赐封为齐国的领履之地
姜太公以其圣明
树立了东海的表率
以其国本
蔚成泱泱大国之风
齐成为引领周王朝诸侯的
富强大国

周康王六年
姜太公逝于营丘
其后返葬于周
陪伴在文王和武王墓旁
一代英豪

完成了自己的历史使命
齐人思念他的恩德
葬其衣冠于赐履之地
即今临淄太公衣冠冢
太公逝后
康王封太公二子吕得为齐侯
从太公封齐到田氏代齐
姜姓国君 32 位　计 600 余年
田氏仍以太公国本为本
富强至于威　宣
太公流风善政
永泽千秋

诗云：
胸怀天下垂星斗
风生渭水归海流
开天辟地凌云志
辅周兴齐率诸侯

尾　声

从东海之滨　到渭水河畔
从东夷山岳　到戎狄大漠
从东海神童　到耄耋老者
你演绎了商周
百年波澜壮阔的历史
你包罗万象
无所不能的圣贤思想
从三千年前的
历史风云中呼啸而出
闪烁而来
照耀世界

你是周朝以来的
兵主武祖
为历代所宗
你是继承蚩尤　后羿
兵战功业第一人
东夷兵法战略
因你发扬光大
齐国兵学甲天下
源于你的文韬武略
田穰苴　孙武
鬼谷子　孙膑

田单　白起　尉缭子
黄石公　张良
一连串军事家
都赖你的军事思想
叱咤风云
历代明君贤相治国用兵
无不言虎略龙韬

你是中华大地
移风易俗
改革弊政
创新发展第一人
你因俗简礼
德先惩后
尊贤尚功
务本通末
富民强国的治国方略
为后世明君
树立了典范
齐桓公修善政
九合诸侯
一匡天下
成春秋五霸之首

中华上下五千年
周朝独领八百载
其政治制度
文化特色
都依赖你的精彩设计
你的谋略　丰功伟绩

为历代史家称赞
诗词歌赋　华章褒颂
民间故事　倾情演绎
文艺舞台　精彩展演
你足智多谋
为国御敌
为民兴利除弊的
全能人物形象
你百家宗师　五谷之神
医药之神的尊号
为黎民百姓
憧憬和向往

你的韬略远播海外
从十六世纪始传入
日本　朝鲜　越南
西方首次翻译
中国四种兵书并在巴黎出版
将《六韬》收录其中
唐朝诗人一千年前诗赞：
刻石书踪妙入神
一回窥览一回新
况能早遂王师业
桃李终成万代春

姜太公
你以伟大的功业
从三千年历史风云中
幻化出一位
白发苍苍

衣袂飘飘
神采奕奕的老者
永远鲜活在
灵山秀水
和世世代代
百姓心中
响亮万古千秋
灿烂中华文明

下编

智圣传奇——诸葛亮长歌

周新平　周龙

开 篇 / 111

第一章 琅琊奇童 / 119
  第一节 孔明出世 / 119
  第二节 得鹅毛扇 / 121
  第三节 少年坎坷 / 123

第二章 龙卧襄阳 / 126
  第一节 躬耕陇亩 / 126
  第二节 珠联璧合 / 128
  第三节 荆襄拜师 / 130

第三章 隆中献策 / 136
  第一节 三顾茅庐 / 136
  第二节 隆中对策 / 141
  第三节 隆中后说 / 150

第四章 初展宏图 / 155
  第一节 初出茅庐 / 155
  第二节 火烧新野 / 160
  第三节 喝退曹军 / 165

第五章 联盟东吴 / 172
  第一节 舌战群儒 / 172
  第二节 草船借箭 / 185
  第三节 巧借东风 / 193

第六章 华容八阵 / 199
  第一节 智算华容 / 199
  第二节 三气周瑜 / 209
  第三节 布八阵图 / 225

第七章 承主托孤 / 231
  第一节 白帝重托 / 231
  第二节 七擒孟获 / 235
  第三节 呈出师表 / 240

第八章 北伐中原 / 243
  第一节 五出祁山 / 243
  第二节 智收姜维 / 256
  第三节 骂死王朗 / 269
  第四节 痛斩马谡 / 275

第九章 火烧上方 / 288
  第一节 设空城计 / 288
  第二节 木牛流马 / 293
  第三节 烧上方谷 / 299

第十章 台原秋风 / 309
  第一节 进军台原 / 309
  第二节 写诫子书 / 315
  第三节 智星陨落 / 322
  第四节 阴平石碑 / 344

尾 声 / 354

开 篇

出乱世风尘不染
战群雄正气凛然
谋略高远写春秋
忠厚品格留史卷
一笑万事人间
何处觅先贤
蓦然回首数风流
智圣诸葛千古传

忆当年
少年意气自驰骋
扬眉淡看烽火漫
三国群雄起硝烟
汗马黄沙多征战
才俊风流傲天下
纵横天下奇谋险

悲戚叹
安世英主今何在
徒留悲叹抑心酸
斜阳寂寂照空山
踪迹空留在世间
从何阅尽前车鉴

敢叫日月换新颜

琅琊阳都
雪山峡谷
出师表的号角响彻云端
兴复汉室
北定中原
霸业可成社稷安
沂南河山今古在
苍松翠柏
沂水蒙山
斜阳寂等伊人现
武侯的故事代代传

诸葛亮
三国时期的蜀汉丞相
生于天下动乱之秋
受命群雄鼎立之时
出将入相朝望攸居
居庙堂之高
则忧其民
处江湖之远
则忧其君
在世时被封为武乡侯
谥曰忠武侯
东晋时被追封为武兴王

千百年来
无数的武侯庙武侯祠
在各地涌现
寄托着后人无限的思念

人们希望得到神人保佑
渴望一生平安

你是
鞠躬尽瘁的贤相
伟大杰出的政治家
深谋远虑的战略家
睿智勤奋的发明家
多谋权变的军事家
才华横溢的文学家
家喻户晓　千秋景仰

身居草庐观大势
躬耕陇亩看天下
高卧南阳潜修炼
三顾茅庐请出山
隆中对
强蜀汉心志高远
占荆益修政理
西和诸戎
南抚夷越边境安
外结孙权促联盟
定夺三分天下
固邦兴汉

你一生追求
修身齐家
治国平天下
审时度势自淡泊
勤奋自律品格贤
舌战群儒智雄辩

强兵富国促生产
运筹帷幄操兵甲
不失儒雅服愚顽
善操琴　精文墨
文章自成高格
文韬武略样样全

历代文人写不尽
彪炳千秋天下传
两汉以来无双士
千古华夏真武侯
北伐奸贼南平蛮
救亡拯溺安诸邦
战术多变出奇制胜
运筹帷幄决胜千里

你发明孔明灯
出城求救胜派兵
奇思技巧夺天工
识地理　通天文
晓阴阳　知奇门
明兵势　看图阵
制木牛　造流马
谙星云　借水火
本领非凡
谈笑间
樯橹灰飞湮灭
你为蜀国
赏罚必信严教科
无善不显必惩恶
吏不容奸人自励

道不拾遗不侵弱
开诚心　布公道
抚百姓　示仪勉
善无微而不赏
恶无纤而不贬
可谓识治之良才
管萧之亚匹矣

你心地坦荡
顾大局勇承担
先主临终特嘱
谡言过其实
不可大用
你犹谓不然
致街亭败局势转
既定战略难保全
北伐受挫
你上书自责
咎皆在己授任无方
挥泪斩马谡
自贬三等　以督厥咎
处置果断得称赞

身为相国十三年
本躬耕于野
不求闻达
为报刘备知遇之恩
受任于败军之际
奉命于危难之间
不徇私勤政爱民
执法公任人唯贤

居高位自律清廉

自古道
得民心者得天下
民安者国自安
高贵优秀的品格
几近完美的形象
历代文人写不尽
彪炳千秋天下传

诫子书　慈父言
千叮咛　万嘱咐
你告诫儿子学做人
修身养德多勤俭
淡泊明志　宁静致远
不朽格言

你在世时给后主上表
若臣死后
不使内有余帛
外有赢财
一代重臣名相
抛却了达官显贵
选择了忠心赤胆
即使你卧病军帐之中
仍侧耳听着
帐外的金戈铁马声
鞠躬尽瘁　死而后已
堪与日月争辉

一代智圣功不朽

文庙武庙皆陪祀
一生洁白谁人及
忠贞传世堪人杰
爱民之官受人爱
遗爱愈厚念愈切
像老僧悟禅
如朱子格物
充盈天地润万物
孔明治蜀 14 载
武侯祠 1700 年
香火不断
祠旁草庐
再无人高卧

挥一挥羽扇
划下不朽传奇
悄然而去
展一展长袖纶巾
演绎出绝代华章
幕落人息
你撒手西去
历史长河漫漫
从此多了一颗明星
如此耀眼
你用自己的生命
谱写了一曲
千古绝唱

你用睿智铭记下
对蜀汉
忠贞不渝的信念

忘却了
昔日的山野村夫
躬耕于野
以经世济民为己任
荣辱兴亡一肩担

不畏强敌不惧艰险
六次出师矢志不移
成就气节造就伟岸
铮铮铁骨意志非凡
写就了人生
最美好的诗篇

第一章　琅琊奇童

第一节　孔明出世

琅琊郡
现今的山东沂南县
这里阳光普照
云谷千山
苍松翠柏碧野留烟
犹如神仙福地
世外洞天

这里物华天宝
有沂河汶河蒙河
三河环绕奔腾不倦
润泽万物沃土肥田
哺育了一代代琅琊人
勇敢勤劳质朴良善

这里人杰地灵
世代乡土情厚道久远
聪慧和善良的品格
一旦汇聚交融
人性的光华
如长虹贯日响彻云天

公元 181 年
一声响亮有力的啼哭声
划破长空
诸葛章氏诞下一男婴
体重九斤颇硕健
打眼一看
容貌俊秀
家人喜上眉端

男婴的父亲诸葛珪
望着窗外天色渐明
心中已被霞光温暖
就叫诸葛亮吧
诸葛亮字孔明
诸葛珪意想不到
日后这个名字
伴随这个刚出生的婴儿
响亮了一生
令世人震撼
成为诸葛家族的骄傲
续写了这个家族的
辉煌史卷

诸葛氏　琅琊望族
先祖诸葛丰
曾在汉元帝时
做过司隶校尉
诸葛亮的父亲诸葛珪
东汉末年曾任泰山郡丞
诸葛亮生母章氏
温和勤勉聪慧孝贤

养育了五个子女
诸葛亮的童年
尽享大家庭的温暖

第二节　得鹅毛扇

幼时的诸葛亮
天资聪慧　身体硕健
充满了天真烂漫
他记性好　善察观
好奇琢磨　整日不消闲

相传　有一年
家里来了一位
白胡子老仙
跛脚　走路很不方便
拄着拐杖求施饭
诸葛亮家人耐心款待
留下老人把饭水添

此后每隔一段时间
老人门前路过时
诸葛亮家人总是
关心舍饭
老人内心很感念

岁月如梭
诸葛亮五岁时
老人又来求舍饭
诸葛亮赶忙跑上前

老人认出是小诸葛亮
见他聪慧俊俏 惹人喜欢
便说 你家祖辈待人善
好人好报我永记心间

老人伸手到后背
取出鹅毛有八根
递到小诸葛亮面前
老人叮嘱多遍
这鹅毛 很稀罕
可以制成鹅毛扇
用途多多勿弃嫌
遇事还可保平安

小诸葛　好喜欢
拿起鹅毛摆眼前
胸前摆动扇一扇
太阳穴上点一点
好似宝物不离手
睡觉也要放枕边

从此以后
鹅毛扇好似自带灵气
一直与诸葛亮相随相伴
成为诸葛亮
足智多谋的象征
一挥鹅毛扇
妙计千条　层出不断
遇事沉着不慌乱
危难时刻保平安
鹅毛扇跟随诸葛亮

穿越战火 南征北战
直至走完人生终点

第三节　少年坎坷

天风响处挥金鞭
千骑奔走过雄关
东汉末年起战乱
铮铮白骨碎心寒
迢迢千里少人烟
山河破碎无家还

大旱无收　赋税不减
生灵涂炭
黄巾揭竿　董卓之乱
枭雄争霸　轮番上演
东汉政权摇摇欲坠
三国的序章正式开篇

国难家不保
民不聊生度日难
诸葛亮母亲重病染
缺医少药撒手人寰
小诸葛亮痛失慈母
少了许多心疼爱怜

更没料想
发生了泰山之难
曹操之父曹嵩在泰山华县被杀
曹操报复屠城

河水尽赤　尸野无辨
墟邑无复人烟

郡丞诸葛珪受到牵连
带领家人逃命避险
逃亡途中不幸染疾罹难

少年诸葛亮痛失父母
一时间犹如天塌地陷
大地悲戚　苍天哀怨
思念双亲泪涟涟
诸葛珪临终将子女
托付给其弟诸葛玄
为躲避战乱
诸葛玄带着诸葛亮姐弟
直奔荆州投靠刘表

辗转数千里
亲历残酷的烽火战乱
深深的烙印留心间
切身的痛楚伤感
对家园和平的期盼
为日后诸葛亮
爱民如子胸怀天下
提出隆中策战略构思
形成丰厚的思想积淀

远离故土　痛失至亲
冥冥之中　天降大任
诸葛亮用一生告诉我们
此刻他扛起的

并非是一家重任
而是整个家族的未来
也撑起了一片天
那就是三国蜀汉

第二章　龙卧襄阳

第一节　躬耕陇亩

李白有诗
赤伏起颓运
卧龙得孔明
当其南阳时
陇亩躬自耕

依赖叔叔情面
诸葛亮一家人
得以把家安
靠着刘表搭桥牵线
两个姐姐得好姻缘
大姐嫁给了蒯祺
蒯祺出自襄阳望族
在刘表手下当差
二姐则嫁给了庞山民
任魏国黄门侍郎　吏部郎
是荆襄名流庞德公之子
诸葛亮兄弟俩
定居在襄阳城西的隆中

晴耕雨读　随遇而安

诸葛亮喜好读书
学习能力非凡
把能找到的书读遍
闲时到处郊游察观
足迹遍布村野乡间
平日里劳作在农田
常常吟唱梁父吟
借以抒发内心的情感
每每自比管仲　乐毅
朋友老乡都不以为然
只当是戏言

博陵的崔州平
和颍川的徐元直二人
与诸葛亮交往颇深
对他另眼相看
认为他真的具有
管仲　乐毅般的才干
诸葛亮志向高远胸襟宽
梁父吟寄托了诸葛亮
忧国忧民的坚定信念
和对未来的憧憬期盼

诸葛亮早年
经历太多磨难
早熟稳重　自律勤勉
熟读兵书　潜心钻研
他涉猎广泛
学深识宽

精通诸子经典
阵法韬略兵学
天文地理道法
土木工程
石阵山险
皆深入钻研

诸葛亮内心
怀揣着对未来
美好的期盼
裴松之把他称赞
是逸群之才
英霸之器
年纪轻轻已卓尔不凡

诸葛亮身高八尺
容貌英俊
聪慧稳健
颇有英霸之范
他好学勤勉
胸怀天下
期望将来能有大作为
系天下　展鸿篇

第二节　珠联璧合

时间流转
诸葛亮已过婚配之年
当地人大多十几岁成亲
诸葛亮却不以为意

亲人相继离世
一直迫于生计的他
无暇顾及　更无人惦念

诸葛亮多年劳作锻炼
原本就高大的身材
出落得挺拔硕健
加之聪慧好学
勤奋不倦　学识博渊
被当地望族黄承彦看上眼

黄承彦有心嫁女
诚恳告知诸葛亮
其女黄月英
颜值一般
但聪慧德贤
是自己的掌上明珠
希望诸葛亮不要弃嫌

黄承彦是荆楚名士
在当地势力不一般
与刘表是连襟
诸葛亮是个孤儿
在襄阳避难力薄势单
如今巧遇良缘
黄女其貌不扬
但她才气逼人
自幼熟读经史名卷
懂兵法知纵横权变
且善吟诗作画
发明的本领更是逆天

实属世间奇女子
诸葛亮多识具慧眼
以貌取人太肤浅
当即应许了这门好姻缘

历史上多是美女配英雄
诸葛亮却与众不同
他对黄月英
一生不离不弃
黄月英也不负夫望
成为诸葛亮一生的
贵人和内贤

诸葛亮跟随刘备闯天下
黄月英或携儿
留守隆中植桑养蚕
或随军南征北讨　任劳任怨

正可谓
一阴一阳谓之道
良缘佳人是天选
心有灵犀同甘苦
伉俪情深佳话传

第三节　荆襄拜师

东汉末年
战乱不止　四处烽烟
荆州刺史刘表
清流派的地方官

不善争斗　闭关自守
暂保荆州平安
俊秀才子纷纷奔荆州
躲避战乱
清流派在此聚拢
各显其才　论地谈天
名人之中有司马徽
对诸葛亮影响至深

司马徽　字德操
颍川地区的名贤
精通奇门遁法　经学
不屑参与夺利争权
隐居世间　世事看淡
怀有仁义之心
司马徽对诸葛亮
倾注心血　学问尽传
厚爱有加
还特别推荐
与汝南宿老酆玖相见

酆玖　尊称酆公
深谙智慧韬略
有真知灼见
博览诸子百家
眼高见识远
尤其擅长兵家谋略
品德高尚　才学非凡

司马徽对酆公很敬佩
亲自带着诸葛亮

去汝南灵山
叩拜在山里隐居的酆公
并倾力推荐
酆公欣然同意收徒
成就一段师徒佳缘
诸葛亮从师酆公
一年半有余
兵法学和道学上
得到酆公不少真传

司马徽料事如神
被称为水镜先生
他擅于识人察观
很是灵验
经他看准的
必是大有可为
年轻后辈中
诸葛亮和庞统
最让他欣赏喜欢

荆州六大豪族
以庞家势力最大
庞家的领袖是庞德公
他慷慨重义气
交游广　眼界宽
庞德公发现诸葛亮
拥有不凡的一面
进而加以特别指点
相信他必有很好的发展
从庞德公赐号可见一斑
诸葛亮住在隆中卧龙岗

庞德公赐号曰卧龙
庞统是荆襄名族之后
故号曰　凤雏
有道是
隆中卧龙是诸葛亮
荆襄凤雏唯庞统
俊杰一双多谋略
得一便可天下兴

刘备经由朋友介绍
与司马徽相见
再三恳请他
助自己画蓝图谋发展
司马徽被打动
诚恳献言
大凡识时务者
宏伟志向是首选
必能天下统揽
进而向刘备推荐
荆襄两名年轻策士
卧龙先生诸葛亮
凤雏先生庞统
他们博学见识宽
识时务　懂权变
胸有大略　富于前瞻

正当此时
刘备的第一任军师徐庶
也向其推荐诸葛亮
徐庶乃江东名士
侠肝义胆且通晓兵法

他敬佩刘备
是一个仁德之主
便在其屯驻新野时
前去投奔
展现了出色的军事才能

徐庶帮刘备出谋划策
两次打败曹操
反被曹操看上眼
派人前来求贤
徐庶概不相见
曹操岂肯善罢甘休
把徐庶的娘亲抓来囚监
并伪造一纸书简
捎信给徐庶相要挟
若徐庶不来
其母性命难保全
威逼之下　徐庶无奈
辞别刘备把泪咽

徐庶临走对刘备推荐
襄阳城西二十里
有个隆中山
有位杰出的人士
在那里隐居
刘备问　既是名士
比军师如何
徐庶答
他平时自比管仲　乐毅
我看他　可比作姜子牙
兴周八百年

可比作张子房
四百载旺汉
他智慧仁德大略揽
蕴藏着天地之志
定国安邦　重任可担

初听到诸葛亮的名字
刘备对徐庶言
请军师辛苦一趟
先把他请来一见
徐庶使劲摇头
您应该委曲求全
大驾亲临上门求见
至于他愿不愿见面
肯不肯来辅佐您
就看您诚意如何了
连德高望重的庞德公
都尊称他卧龙先生呢

刘备这才恍然大悟
莫非就是那个
司马徽老先生所言
卧龙凤雏吗
徐庶点头纠正道
卧龙凤雏是两个人
凤雏先生是庞统
卧龙才是孔明诸葛亮
他就像是　潜龙在渊

第三章　隆中献策

第一节　三顾茅庐

唐代诗人胡曾
有诗《南阳》曰
世乱英雄百战余
孔明方此乐耕锄
蜀王不自垂三顾
争得先生出旧庐

隆中山上
诸葛亮接到徐庶来信
叫来好友崔州平
孟公威和石广元
一起商讨　权衡再三
一生大事切不可莽断
若匆匆出山
怕日后悔过为时已晚

诸葛亮不敢轻易决断
生怕投错了主
令前途毁于一旦
他时年正值二十岁
及冠之年

自我取字孔明
孔者　洞也
明者　察也
希望自己擦亮慧眼
学会洞察　看得长远
他决定先对刘备试探一番

刘备愤世
胸怀天下
决心救民于水火
结束长期混战的局面
但他几经挫折
屡屡历险
征战苦
胜战更是难上加难
必须痛下决心
寻找良才辅佐
这回要亲去隆中把卧龙见

天刚放亮
刘备和关羽　张飞
就带着随从出发
出城二十里
来至隆中
刘备上前问路打探
又策马前行一段
来到卧龙岗

茅草屋前　柴门半掩
刘备下马亲扣柴门
一小童出来

刘备自报姓名　说明来意
小童告知先生已出门
不知何时回返
刘备惆怅不已
留下话语
心情失落往回转

过了数日　刘备闻探
孔明已回返
便引关羽　张飞
再上卧龙岗
时值隆冬
地冻天寒
漫天飘雪
白茫茫一片
张飞道
天寒地冻尚不用兵
无益之人岂宜远见
不如回新野去避风寒
刘备道
正想着让孔明知我殷勤之意念
如弟怕冷可先回去
张飞道
死且不怕　岂怕冷乎
我是怕哥哥
劳神空愿

刘备三人冒着大雪
终于来到孔明住处前
恰遇孔明之弟
相互寒暄

方知孔明又不在家
昨日已出外游闲
刘备唉声苦叹
两番不遇大贤
我俩如此缘分薄浅
留下书信一封
上马回返
回程一路
风疾雪大　步履维艰
刘备心冷至极比寒天

光阴荏苒
又及新春暖
刘备令卜者卦算
选择吉期　斋戒三天
欲再往卧龙岗
第三次拜访孔明
不同于前两回
离草庐半里之外
刘备便下马
步行至庄上
以此表示尊敬及恭谦

一行人来到庄前
刘备还是亲自叩门曰
有劳仙童报传
刘备专程来拜见
童子曰
今日先生虽在
但在草堂上　昼寝未醒
刘备曰　既然如此

先不要通报
吩咐关羽张飞二人
只在门首等着
自己徐步而入
见先生仰卧于几席之上
刘备拱立阶下

刘备望见堂上
孔明翻身
看似要起来
忽又翻身面朝里边
继续睡着
童子欲前去呼唤
刘备忙悄声制止
又立了一个时辰
孔明终于醒来
口中吟诗曰
大梦谁先觉
平生我自知
草堂春睡足
窗外日迟迟

孔明吟完诗
翻身问有俗客来否
童子曰
刘皇叔在此立候多时
诸葛亮乃起身曰
为何不早报知
尚且容许我换一下衣服
接着转入后间
又过了半晌

孔明方整好衣冠
出来迎见

刘备不辞辛劳
三次访贤
终于见得孔明
一番倾吐表心愿
诚心相请孔明出山
共图大业
终于顺遂心愿

第二节　隆中对策

刘备见孔明
身长八尺　头戴纶巾
面貌俊美如美玉
身披鹤羽制成的裘衣
手持羽扇
飘飘然　似神仙
刘备下拜曰
汉室后裔
蒙昧无知
久闻先生大名
如雷贯耳
前两次晋谒　不得一见
已书贱名于几案
不知先生是否阅览
孔明曰
南阳野人　生性疏懒
屡蒙将军枉临

不胜愧赧

刘备这边
欲展宏图求俊贤
三顾茅庐诚心献
终于如愿
孔明那边
潜龙深藏待明君
慎重考虑多试探
终于被真诚打动
立意出山

这正是
久旱逢甘雨
他乡遇故知
精诚所至　金石为开
冥冥之中
相见恨晚
隆中草庐里
刘备和孔明
屏退左右　展开密谈
共商大计
史称　隆中对

刘备和孔明
相互问候礼拜
分宾主而坐
童子献上茶来
二人边喝边聊
孔明曰
之前看过将军留言

足见将军
忧民忧国之心
只恨我见识薄浅
怕误了您的大事
刘备曰
司马徽和徐庶之言
岂是虚谈
勿嫌我愚钝
恳请您不吝赐教
愿闻先生高见

孔明曰
司马徽　徐庶
都是世上之高士
我就是一介布衣
安敢谈天下大事
二公高抬我了
将军奈何舍美玉
而求顽石呢
刘备曰
大丈夫抱经世奇才
岂可空老于林泉之下
愿先生
以天下苍生为念
给我启发指点
诸葛亮笑曰
愿闻将军之志

刘备靠近孔明而言
现今汉室
奸邪臣子猖獗篡权

统治已溃烂
小人得志乱朝纲
天子蒙尘受难
我欲伸张正义
匡扶汉室
又担心自己才疏学浅
难以应对复杂的局面

反思我之前
多次战场历险
实力难保全
更无望于天下归安
弄到今天这个局面
只有先生您能
帮助我走出困境
完成治世宏愿
望先生为我
把脉赐灵丹
刘备请教孔明
迫不及待　信誓旦旦

孔明听罢　感慨万千
朝思暮想的明君
就在眼前
多年的苦读修炼
终于有机会施展
孔明敞开心扉
分析天下大势
纵论未来发展
清晰的战略构想
明确又大胆

孔明这边娓娓道来
一声声　如出心怀
刘备听得津津有味
一句句　如饮甘泉

孔明说
自董卓之乱
天下豪杰纷纷
举旗揭竿
割据州郡自立为官
引战火接连不断
曹操和袁绍相比
声望不及
兵力更是少得可怜
最后曹操仍得胜溃袁
以少胜多
以弱胜强
把握时机是关键
何时出兵
如何应战
决胜千里
运筹为先
靠的是先知和胜算

如今的曹操
拥兵百万
挟天子以令诸侯
不可小觑
对付曹操
绝不可硬拼蛮干
东南方的孙权

雄踞江东
已经营三代
政权稳固
守长江天险
军队粮秣充裕
百姓生活无忧患
属下人才济济
不乏青年俊贤
应对这样的势力
只可结交为盟友
不要去惹起宿怨

荆州北边
据有汉水沔水
享有南海全部资源
东连吴会二郡
西通巴蜀二郡
此番兵家必争之地
刘表性疑多忌嫌
立意自守好空谈
无四方之志
并非一方好官
从目前情势看
难保荆州这块地盘
上天有意安排
留位给将军您
这要看您自己的意愿

西方益州
沃野千里　地大物繁
天府之国　时无荒年

依靠地势天险
及富庶资源条件
当年汉高祖刘邦
凭借这里
完成帝王霸业
实现一统天下的宏愿

当地刺史刘璋
个性懦弱
事理不辨
无力保障
天府富足的物产
及百姓一方平安
智能之士上表请愿
更换明主
加强统领
安保家园

将军您
既是汉室宗亲
帝王后裔
信义闻名四海
又有虚心雅量
思慕良贤
您可借此
恢复汉室之名
广揽人才
聚揽各方英雄好汉
安邦兴汉

依我的建议

先取荆益两州
守住天险
交好西边各族
安抚南边各族
对外联合孙权
建立同盟
对内励精图治
富国强兵
忍耐以待最佳时机
伺机而发

一旦天下大势有变
便可派遣
善战之将
率兵北上攻打洛阳
将军亲领益州军团
由秦川进攻
天下百姓谁不是
箪食壶浆
迎接将军您的
王者之师呢
此计若真能行践
将军霸业可成
复兴汉室终能实现

听孔明一席话
刘备非常佩服
赶忙起身
拱手谢道
先生一席话
令我茅塞顿开

如拨开云雾见青天

从孔明的分析中
刘备视野拓宽
登高望远
仿佛看到希望之光
就在眼前
刘备激动万分
更加渴望孔明的加入
拜请再三
精诚所至盛情难拒
孔明当即决定出山

孔明终得明主效忠
遂了心愿
时年
刘备四十八岁
当过徐州牧及豫州牧
地方最高军政长官
刘备德高望重
倾慕良才俊贤
不耻下问
虚心聆听孔明的
隆中策
是其人格美的
又一体现

孔明年仅二十七岁
风华正茂
尚未出道的新人
倾其全部智慧和才能

辅佐刘备建功立业
实现远大理想
一旦决定
终生为之奋斗
无悔无怨

刘备和孔明
一个面临中年危机
不吝求贤
一个暗藏雄心
待展大略
不辞奉献
君臣二人鱼水相契
君臣一体千古佳传
《隆中对》把这两位
初见面君臣的命运
紧紧地相连
刘备称霸一方的大戏
正式开演

有道是
谦道敬得隆中策
龙种屈尊三顾贤
从兹有佑成大业
安民兴蜀终身献

第三节　隆中后说

诸葛亮
虽然蜗居于草庐

人少地偏
但由于躲避战乱
不乏清流名士
和年轻学子在身边
信息传递快
情报来源不断
各种奇谈高论
不绝于耳
常闻屡见

诸葛亮静心学习
孜孜不倦
对天下大势
早已是洞若观火
远瞩高瞻
他提出隆中策
避开曹操强兵利剑
不要硬拼蛮干
联盟江东孙权
由此诞生
联吴制曹战略构想

隆中策中提出
两个焦点人物
刘表和刘璋
刘表有一块肥肉荆州
诸葛亮长年居于荆襄
认识诸多宿老名士
深知刘表政权　基础薄弱
府中亲曹派和反曹派互相倾轧
刘表犹豫不决

犯了当权者的大忌
刘表身体不佳
政权不保是早晚

刘备一向有英雄之名
又是曹操的宿敌
万一刘表有意外
极可能获得反曹派支持
压抑亲曹派
把握这个机会很关键

另一个刘璋
有一块肥肉益州
虽手下人多却难以守住
属下早就想换主
须赶在曹操孙权之前
把益州统战

有了荆州和益州基本盘
先要联合
孙权及西方羌氐
南方夷越
共同抗击曹操

此乃先秦合纵之术
诸葛亮居隆中时
自比于管仲　乐毅
管仲九合诸侯
乐毅联合五国伐齐
都带有浓重的
合纵色彩

诸葛亮对打败曹操
早有预见
那就是合纵
待时机成熟
分东西两路北伐
东路由荆州出发
西路由益州出发
使曹操　东西不得相顾
则霸业可成
汉室可兴矣

诸葛亮的隆中策
让刘备走出迷茫
高瞻远瞩
天衣无缝的规划
近乎完美的战略构思
促成了孙刘同盟
击退了曹操的百万大军
掌握了荆州
控制了西川和汉中
取得了三分天下的局面

《隆中对》直接影响了
从公元207年刘备三顾茅庐
到公元263年蜀汉灭亡的
中国政治格局
其有效时间影响
长达56年
毫不夸张地说
《隆中对》

硬生生改变了
一个时代的走向

隆中策看得远
高超的智慧得以彰显
三分天下联吴制曹
策略具体而完整
分析透彻胜雄辩
绝非未卜先知
战略构想堪比神算
日后刘备事业的进展
被证明几乎是照搬
诸葛亮
的确是位旷古绝今的
战略规划天才

第四章　初展宏图

第一节　初出茅庐

初出茅庐宏图展
忠贞协主才智献
独观大略精谋划
力揽危局情势转

刘备三顾茅庐
终于请得诸葛亮出山
诸葛亮深感知遇之恩
从此效忠刘备
执掌中军大帐
殚精竭虑　任劳任怨
刘备事业迎来转机
隆中策依计而行

诸葛亮对刘备建言
曹操在冀州造玄武池
训练水军
看来要侵占南方
可秘密派人过江
打探虚实
刘备应允

立即派人去办

诸葛亮对刘备道
主公手上的兵力
不过几千人
万一曹军打过来
难于应战
招兵买马需尽快
刘备恩准
诸葛亮招新兵三千
教习阵法从早到晚

每每谋划军政大事
君臣二人合作无间
这日　探马来报
曹操派夏侯惇
带大军十万
杀奔新野而来
诸葛亮对刘备说
只怕关羽　张飞二人
不肯听我调遣
要想让我用兵
请借我印剑一用
刘备心明交出印剑

诸葛亮召集众将听令
博望之左有座豫山
右有林　名曰安林
可以埋伏兵马
云长率一千军
在豫山埋伏

等敌军来到
放他过去不要出战
粮草必定在后
只要看见南山火起
便可纵兵出豫山
袭击粮车并点燃

翼德可带兵一千
埋伏于安林背后的山谷
看见南面火起时
便可迅速出兵
在博望城旧屯粮处
纵火烧它

关平　刘封领兵五百
预备引火之物
在博望坡后两边等待
初更时分敌兵到来
开始火攻
诸葛亮又派人去樊城
叫回大将赵云
作为大军前部
命他只要输不要赢

调遣完
诸葛亮对刘备说
主公自引一军为后援
在博望坡下屯兵等待
明日黄昏敌军必到
主公便弃营而走
看见火起　便调头掩杀

我与糜竺糜芳
带五百军守本县
又命简雍孙乾
准备庆功筵
功劳簿伺候安排
直到诸葛亮派拨完
刘备仍不知其中文章
疑惑不定

却说夏侯惇和于禁
带兵来到博望坡前
分一半精兵作为前队
其余尽护粮车而行
忽见前面一路人马杀来
为首者乃赵云
夏侯惇大笑道
徐庶在曹丞相面前
夸诸葛亮为天人
今观其用兵
真像是往虎豹嘴里送羊犬
看我如何身手显
活捉刘备诸葛亮二位大贤
夏侯惇说罢纵马向前
与赵云两马交战
杀不到几回合
赵云假装败走
引夏侯惇来追
一追追到十余里远

浓云密布　月光暗淡
夜风越刮越大

夏侯惇只顾催军往前赶
到了两山狭窄地段
于禁开始疑心
此处若有火攻该咋办
忙叫停队伍
却听后面喊声震天
顿时火光一片
赶上大风
火势越烧越旺
霎那间四面八方全是火
只见赵云调头回军
边追杀边呐喊
曹军慌乱中相互踏践
死伤无数　人马大乱

诸葛亮下令收兵
关羽　张飞一同回师
只见糜竺糜芳
带军簇拥着
一辆小车过来
车中端坐一人
正是诸葛亮
关羽张飞立即下马
拜伏于车前
心中敬佩不已
诸葛亮乃真英杰
不一会儿
几路人马都到齐
将战利品给众将分赏
一众班师凯旋

那正是
博望相持用火攻
指挥如意笑谈中
智战惊破曹公胆
初出茅庐第一功

第二节　火烧新野

诸葛亮对刘备说
夏侯惇虽然败走
曹操必定心不甘
还会卷土重来

不久　果然探马来报
曹军已离博望不远
诸葛亮对刘备说
主公且放心
上回一把火
烧了夏侯惇个人仰马翻
这次他还会中我之计
新野住不得了
须尽早往樊城去
令人在四个城门张榜
告诉居民
随军一同往樊城

诸葛亮派关羽带军一千
埋伏到白河上游
各自带布袋
多装沙土在里面

截住白河之水
明日三更一过
便放水淹
同时顺水掩杀

诸葛亮又唤张飞
带军一千
埋伏到博陵渡口
这里水势最慢
曹军被淹后
必从此处逃难
可乘势在此击杀

诸葛亮又唤赵云
引军三千　分四队
赵云自领一队
在城内人家屋顶上
多藏硫磺等引火之物
然后埋伏于东门外
其余三队分别埋伏在
西　南　北三门

曹军入城
必到民房歇息
来日黄昏后有大风
只要看见风起
便令三门伏军
一齐向城内射火箭
等城中火势爆燃
便在城外助威呐喊
只留东门放行

待曹军从东门逃窜
你从后面追杀
天明会合关张二将
收军回樊城

诸葛亮令刘封糜芳二将
带军二千
一半红旗　一半青旗
去新野城外三十里
屯住在鹊尾坡前
一见曹军到
红旗军走在左
青旗军走在右
敌军心疑必不敢追
你二人分头埋伏
见城中火起
便可追杀败兵
到白河上游接应
诸葛亮分派完
便与刘备登高瞭望
专候捷报来传

曹仁　曹洪
带十万大军
杀奔新野而来
中午到了鹊尾坡
望见坡前一簇人马
打着青红旗号
曹仁说是疑兵阵
并无伏兵　可速进
到林下追寻时

却一人都不见
此时太阳已往西偏

许褚刚要带兵向前
突听山上大吹大擂
只见山顶一簇旗
其中两把伞盖
竟是刘备和诸葛亮
二人正在把酒言欢

许褚大怒　引军上山
突然擂木炮石打下来
山后喊声一片
想要寻路厮杀
天色已晚
只得转奔新野城下

曹兵冲进城发现
竟是一座空城
曹洪说这是他们
势单计穷吓破了胆
我军暂且在城里安歇
明日一早再出战

初更以后狂风大作
守城军士飞报起火
曹仁说
军士造饭遗漏了火
话未说完　接连报传
西　北　南三门全都起火
这夜的火　上下通红

惶恐的曹兵心惊胆战

曹仁赶紧下令集合
带兵冒火突烟　寻路奔窜
刚到东门脱离火险
背后突然一声呐喊
赵云带兵前来宣战
曹军各逃性命
自相踏践　混乱不堪

正奔逃之间
冲出糜芳一队人马
曹仁夺路而逃
又遇刘封带兵截杀
直到四更时分
曹军人仰马翻
军士逃到白河边
幸好河水尚浅
人马全都下河饮水
马声嘶鸣　人声嚷喧

黄昏时分
关羽望见新野城中火势通天
到了四更
忽听下游马叫人喊
关羽紧急下令
将截水布袋一齐搬
刹那间　水势滔天
曹军人马被冲翻
曹仁急忙引众向前
奔向水势缓慢处

到了博陵渡口
又遇一军相拦
大将张飞当先
曹贼快把命拿来
曹军大惊
才看到城内吐红焰
又遇黑风来水边
混杀成一片
曹仁夺路而逃不敢恋战

诸葛亮初出茅庐两把火
火烧博望坡
大败曹敌军威显
火烧新野
知天晓地多胜算
火攻水淹步步惊险
打得曹军狼狈不堪
令曹敌惊魂丧胆
出其不意攻其不备
以弱胜强写新篇

第三节　喝退曹军

面对曹军南下
步步紧逼的嚣张气焰
新野一战刚打完
刘备问孔明的意见
孔明让速取襄阳
刘备贴出布告

大军避曹转移
百姓可以自愿前往
又派关羽准备船只
百姓宁死也要跟随刘备
扶老携幼　哭哭啼啼
一同登船渡江

曹操名声不好
刘备仁义爱民
百姓跟着刘备跑
心甘情愿
对百姓来说
战火连天
能够得到一方的庇护
最是心安

刘备携众
来到襄阳东门
让刘琮开城门
安顿百姓
刘琮心怀鬼胎
不敢出见
蔡瑁张允射下乱箭
百姓望城痛哭

忽听一人大叫
蔡瑁张允卖国贼
刘使君是仁德之主
他为百姓来投城
为什么不开城门
众人看去

认出喊话者是魏延
喊话间
魏延愤怒砍死门军
打开城门
张飞跃马想进城
刘备说　不可
别惊吓了百姓
此时
文聘从后面杀来
二人大战一团
刘备懊恼说
本想保民　却适得其反
我不进襄阳了
孔明建议
不如先取江陵
江陵是荆州要地
刘备带领百姓
往江陵进发

刘备领百姓十数万
大小车数千辆
行动缓慢
一天走不了多远
正行进间
突然探马来报
曹兵已取樊城
正收拾船只即日渡江

众将劝刘备莫顾百姓
先奔江陵
刘备不忍心

仍让百姓跟随
孔明提醒
追兵很快就到
可派关羽与孙乾
去江夏求援
让刘琦派水军速去江陵
刘备应允

刘备的军队少
又先于曹操行动
若丢下百姓不管
安全转移有胜算
即使曹操的骁骑追赶
急行军也完全可以
甩掉曹操　躲避风险
紧要关头
刘备不顾众将相劝
执意要带百姓一起走

刘备以仁义闻名天下
聚天下人心
在他看来
天下大乱是表象
根本是人心乱
各方诸侯自私贪婪
名义上是治乱
实则趁机谋取土地
搜揽钱权
非所谓的匡扶汉室
所以他的仁义不能失
绝不能置百姓生死于不顾

丢下百姓不管
况且曹操曾在徐州屠城
新野城已烧
不带着百姓心不安

刘备军与民众十余万
粮食辎重繁多
行军迟缓
正走间
忽然一阵大风
刮得不见天日
简雍大惊　说
曹兵马上就追上来了
主公可弃了百姓快走
刘备仍不忍心抛弃百姓
驻扎在当阳县的景山
此时已是初冬天
夜间寒风刺骨
百姓饥寒交加
四更时
曹兵从西北杀来

曹操率虎豹骑五千
从襄阳出发一日一夜
奔骑三百里
在当阳长坂坡
追上刘备军
刘备军虽拥大众
但都手无寸铁　不堪一击
值此危急关头
孔明命赵云保护刘备妻小家眷

令张飞断后拒敌

张飞召集二十余骑
立于当阳长坂桥
阻止曹军追击
只见张飞立马桥上
怒目圆睁　横握长矛
大叫一声
我乃燕人张翼德也
谁敢与我决一死战
声如巨雷
曹军闻之
尽皆股栗

曹操急令去其伞盖
回顾左右曰
我向曾闻云长言
翼德于百万军中
取上将首级如探囊取物
今日相逢　不可轻敌
言未已
张飞睁目又喝曰
燕人张翼德在此
谁敢来决一死战
曹操见张飞如此气概
颇有退心

张飞望见曹操后军阵脚移动
乃挺矛又喝曰
战又不战　退又不退　却是何故
喊声未绝

曹操身边夏侯杰
惊得肝胆碎裂
倒撞于马下
操便回马而去
于是诸军众将
一齐望西奔走

这正是
长坂桥头杀气生
横枪立马眼圆睁
一声好似轰雷震
独退曹军百万兵

第五章　联盟东吴

第一节　舌战群儒

曹操挟天子以令诸侯
势力大展　称霸一方
刘备和孙权成为心患
经过一番筹谋
决定联手东吴孙权
先灭掉刘备是上策
遂写书信一封送给孙权

孙权接到曹操书信
迅速召集谋士们商谈
面对曹操威逼利诱
多人主张降曹自保
鲁肃与周瑜却坚决主战
特意请诸葛亮
来东吴当说客
说服众人

鲁肃对孙权言
荆州与我接壤为邻
江山险固　沃土肥田
若能占据

可带来充足的粮钱
刘表刚去世
可以吊丧之名
去荆州与刘备商谈
　与我联盟　共破曹操
　若能听从　大事可成
孙权同意

诸葛亮对刘备说道
曹操百万之师压至江汉
江东定会派人来打探
意在巧取荆州
我将出使江东去商谈
让其南北两军相吞并
　江东胜　与其一同拒曹
　曹操胜　趁势取江南
刘备不由把心担
江东谋士难商劝

忽报江东鲁肃前来吊唁
诸葛亮笑道　大事可成
主公装作不知情
看我如何来周旋

鲁肃见过刘备
对诸葛亮说
一向敬慕先生才德双全
　今日相见　三生有幸
孙将军虎踞六郡天险
　兵精粮足　礼士敬贤
江东英雄多归附

如今这局面
不妨与江东结盟图大计
先生兄长在江东
每日盼望相见
鲁肃不才
愿与公同去拜见孙将军
拒曹大事共决断
刘备装作不同意
军师不能行远
诸葛亮道
事关紧急　请奉命一行
便和鲁肃一起登船
往柴桑去谈判

翌日　鲁肃接着诸葛亮
同往孙权大帐
见二十多位文武官员
端坐账内　博带峨冠
诸葛亮见礼后
落座客端
东吴谋士见诸葛亮
丰神飘洒
一派气宇昂轩

张昭率先开口
吾乃是江东小人物
早就听说先生高卧隆中
自比管仲乐毅
可有此事
诸葛亮道
这只不过是平生的

一个小可之比
张昭道
听说刘备三顾草庐
幸得先生　如鱼得水
欲席卷荆襄
却让荆襄归了曹操
不知是何用意啊

孔明暗想
张昭是东吴第一谋士
若不先难倒他
如何能说服孙权
于是道
取汉上之地易如反掌
我主谦卑仁义
不忍去夺同宗兄弟基业
将荆州推让
刘琮是个孩子
听任佞言　私自降曹
致使曹操更加猖狂
如今我主屯兵江夏
另有良图
非等闲之辈所能设想

张昭道
先生自比管仲乐毅
管仲辅佐桓公称霸诸侯
一统天下
乐毅扶持微弱燕国
取齐国城池七十余
这两人可都是济世之才啊

而先生只会
抱膝危坐草庐中
笑傲风月　看天下燎原
既然事从刘备
就该为百姓谋利益
把害贼歼
刘备未得先生时
尚能纵横天下
为何先生跟了刘备
曹兵一来
丢盔卸甲　望风而窜
弃新野　走樊城
败当阳　奔夏口
无容身之地
辜负了刘表遗愿
刘豫州反倒不如从前
管仲乐毅
难道就是这般
我的话愚鲁直率
请先生不要怪怨

诸葛亮听罢　笑曰
大鹏展翅　万里腾飞
燕雀焉知鸿鹄之志
比如一个人
多年痼疾缠身
当先给他喝点药膳
等到肺腑调和理顺
再吃强效药增加补养
才能病除身健
不等病人缓和气脉

就下猛药　吃大荤
病体实难安

我主以前兵败汝南
寄靠在刘表门下
兵不足一千
大将只有关张赵
正像是病重危难
新野小县
地僻粮少人稀
暂时借以安栖
这种处境下
能够火烧博望
水淹曹军
令夏侯惇等心悸胆寒
就是管仲乐毅用兵
也不过如此

刘琮投降曹操
豫州毫不知情
不愿乘乱夺取同宗之业
当阳之败
处境已经十分危险
豫州不忍丢下百姓
几十万人扶老携幼
相随渡江
每日与民颠簸十余里
放弃夺取江陵
真是大仁大义啊

寡不敌众

胜负乃是兵家常事
昔日汉高祖刘邦
多次被项羽打败
然垓下一战
取得了决定性胜利
难道不是因为
韩信为他出谋划策吗

国家大事　天下安危
要靠谋划
夸夸其谈　善于巧辩
靠虚荣之气压人
站着高谈　坐着议论
关键时刻　黔驴技穷
叫天下耻笑
张昭无以对

虞翻忽然高声问道
如今曹公屯兵百万
列将千名　虎视眈眈
要踏平吞食江夏
先生有何高见
诸葛亮道
曹操收并袁绍蚁聚之兵
劫刘表乌合之众
百万之军　并不可怕

虞翻一听冷笑道
你们军败当阳
真是大言不惭
诸葛亮道

刘备只靠仁义之师几千
抵抗残暴之众百万
退守夏口　等待时机
如今江东兵精粮足
凭借长江天险
有人还想屈膝投降
刘备难道是怕曹操吗
虞翻哑口无言

步骘座中发问
先生是效法张仪和苏秦
来游说东吴吗
诸葛亮回敬道
步子山先生
以为张仪苏秦是辩士
却不知二人也是豪杰
苏秦佩挂六国相印
张仪两次为秦国宰相
都是匡扶国家的谋士
并非欺弱畏强
怕刀怕枪的人所能比
曹操假诈之词只是虚发
有人吓得想去投降
还有脸笑话苏秦和张仪
步骘无话可答

陆绩应声问道
曹操挟天子以令诸侯
毕竟是相国曹参后代
刘备自称
中山靖王的苗裔

却没有考证

诸葛亮笑道
曹操既是曹相国后代
更证明他世代都为汉臣
如今却手握王权
欺君罔上　无法无天
是汉室乱臣
刘备是汉室之胄
当今皇帝依据世宗祖谱
赐予他爵官
你凭什么说无可查考
汉高祖从亭长起身建业
织席卖鞋有何耻辱
真是小儿之见

答辩正酣
督粮官黄盖黄公覆
忽然进来厉声说道
诸葛亮是当世奇才
诸位以唇舌相难
非敬客之礼
曹操大军压境
不商讨退兵之策
光在这斗嘴　成何体统
于是　黄盖和鲁肃
带诸葛亮进入中门

来到大堂
孙权下阶而迎　厚礼相待
请诸葛亮入座

众文武分列两旁
鲁肃站在诸葛亮旁边
诸葛亮见孙权
相貌堂堂　紫须碧眼
暗想说服不如用激将

孙权问
曹操现有多少兵马
诸葛亮说　一百多万
孙权不信　说道
怕不是在诈我们
诸葛亮说
曹操原有青州军二十万
平定袁氏兄弟得六十万
中原新招四十万
又收刘表二十万
实际有一百五十万左右
方才只说一百万
是怕吓着江东之士

孙权接着问
曹军有多少战将呢
诸葛亮说
曹操野心不小
近年来很注意收罗人才
足智多谋能攻善战的人
只怕不会少于两千
鲁肃在旁一听
吓得惊慌失色
连忙向诸葛亮使眼色
诸葛亮装作没有看见

孙权又问
曹操平了荆楚之地
还有其他图谋吗
诸葛亮道
现在曹操沿江下寨
练水军　造战船
不图江东又取哪儿
孙权道
若他真有吞并之意
请先生替我想想怎么办
诸葛亮道
吾有一句话
只怕将军不肯听从
如今曹操势力极大
将军要量力而行
若有能力与曹抗衡
不如趁早消灭他
若无力对抗
不如听从众谋士建议
投降曹操算了
将军嘴上说要降曹
心有不甘
形势危急　却拿不定主意

孙权道
若如先生所说
刘备为何不降曹操
诸葛亮道
过去像齐国田横
那样的壮士

都能坚守大义　不容屈辱
何况刘备是汉室宗亲
当代英雄
事之不成乃是天意
怎能辱忠屈节去侍候曹操
孙权一听　脸色顿变
愤愤地说
你把我看成何等人
站起身来拂袖而去
众人一见　一笑而散

鲁肃责怪孔明道
先生为何这样说话
幸亏主公宽宏大度
没当面责怪
你过于藐视他了
诸葛亮仰面笑道
何必这样不容人呢
我自有破曹之计
他不问　我怎敢说

鲁肃一听有良策
忙去后堂见孙权
孙权一听　转怒为喜
原来是用话激我
出来与诸葛亮相互致歉

诸葛亮说
曹军南下的兵力
绝不会超过二十万
大部分是杂牌军

无向心力　部署分散
主战场兵力势必有限
最佳的战术是
由孙刘联军
主动选择主战场
争取到重点胜利

曹操追击刘备
一日夜急行三百里
士气消耗殆尽
特别是直属北方军队
水土不服　不善水战
倚仗荆州水军作为主力
根本不可靠

刘备主力虽遭击溃
关羽率领的
万余水军和船舰丝毫无损
刘琦在江夏
有数万名荆州精锐军团
若加上东吴的数万虎师
协力作战
破曹之事必成
眼下既是成败关键
看将军怎样决断

孙权听完分析
忙点头称赞
表示明日商议后
最后决断
诸葛亮看出

年轻孙权的内心深处
早已激起强烈斗志

诸葛亮舌战群儒
阐述天下大势
分析敌我军事实力
语带双机　口才雄辩
威震群儒　智激孙权
最终促成了孙刘联盟
联合抗曹统一战线
战略意义无比深远

第二节　草船借箭

曹操垂涎东吴已久
亲率大军八十万下江南
孙权刘备打算联手
共同抵御曹军来犯

孙权手下大将周瑜
智勇双全
但心胸不宽
很是嫉妒诸葛亮才干
约诸葛亮有要事相谈
却心藏晦暗
算计不端
诸葛亮智识于瞬间
将计就计
最终大获圆满

周瑜说　曹军即将来犯
什么兵器适合于水上交战
诸葛亮说最好用弓箭
周瑜说
先生跟我所想一般
军中缺箭
想请先生负责造箭十万
这是公事
希望先生不要推拒
诸葛亮机智应答
都督委托　当然照办
不知这十万支箭何时用
周瑜故意问
十天造得好吗
哪知诸葛亮语出惊人
曹操大军压境
十日必误大事
我只需三日即可

周瑜一听　暗自窃喜
军情紧急　不可戏言
诸葛亮说
我愿意立下军令状
三天造不好
甘受惩罚
周瑜叫诸葛亮
当面立下军令状
特意庆祝摆宴
诸葛亮说
从明天起　到第三天
请将军派五百个军士

到江边来搬箭
言毕即起身而去

鲁肃着急对周瑜说
三天如何造箭十万支
周瑜说　是他自愿
到时完不成就定罪
他无话可怨
周瑜意不在此
无论如何他不相信
诸葛亮仅用三天
就能造箭十万
正好利用这个机会
除掉这一心头大患
周瑜还嘱咐军匠们
不要把造箭的材料
准备齐全
三天后
诸葛亮必死无疑

周瑜让鲁肃前去打探
诸葛亮一见鲁肃就说
三日之内
如何能造出十万支箭
还望子敬救我
忠厚善良的鲁肃说
你自取其祸　叫我咋办

诸葛亮说
只望你能借给我二十只船
每船配置三十名军士

船只全用青布为幔
还要一千多个草把子
分别竖在船的两舷
我自有妙用
到第三日
包管会有十万支箭
但请你切记
千万不能告知周瑜
他若知道
必定从中作梗
计划就很难实现
鲁肃虽然应允
但并不明白诸葛亮用意
回来报告周瑜
果然不提借船之事

只说诸葛亮
不用竹子翎毛
胶漆这些材料
周瑜听罢大感不解
看他到第三天怎么办
鲁肃私自拨二十条快船
每条船上配三十名军士
照诸葛亮说的
布置好草把子和青布幔
交给诸葛亮调度
诸葛亮借得兵卒和船
按计划准备停当
只待时机显现

第一天

不见有动作
第二天
仍不见有动作
直到第三天夜里
四更时分
诸葛亮秘密请鲁肃上船
说要去取箭
鲁肃十分不解
到何处去取箭
诸葛亮说　前去便知

凌晨　浩浩江面
漆黑一片
雾气霏霏　伸手五指不见
诸葛亮下达指令
将二十只船用长索相连
起锚向曹军大营进发
直接驶向北岸

五更十分
船队已接近曹营水寨
诸葛亮下令
将船只头西尾东
一字摆开
横于曹军寨前
又令士卒擂鼓呐喊
故意制造
击鼓进兵之势
鲁肃见状大惊失色
曹兵出来可怎么办
诸葛亮笑曰　这样的大雾天

料曹操不敢派兵出来
吾等只管饮酒取乐
等待雾散

曹寨中听得擂鼓呐喊
毛玠于禁二人
慌忙飞报　敌人来袭
曹操闻报后
即刻把令传
重雾迷江　彼军忽至
看不清虚实　恐有埋伏
切不可轻动　勿到近前
只管叫弓弩手朝他们射箭
旱寨弓弩手六千多人
会同水军射手超过一万
一齐向江中放箭
企图以此阻敌
一时间　箭如飞蝗
纷纷射在江心船上的
草把子和布幔

过些时间
诸葛亮又令船队
头东尾西靠近水寨
并嘱咐加劲擂鼓呐喊
等到日出雾散
只见船上的草把子
密密麻麻的箭枝已排满

至此　诸葛亮才下令返航
命令士卒齐声大喊

谢曹丞相赐箭
当曹操得知时
诸葛亮取箭船队
顺风顺水
已经离去二十余里远
曹军追之不及
曹操懊悔不已

诸葛亮回船对鲁肃道
每只船上
大约有五六千支箭
不费江东半分之力
共得十多万支箭
为时不过三天
鲁肃目睹其事
称先生真神人也
今日如此大雾　何以知晓

诸葛亮曰
为将而不通天文
不识地理　不知奇门
不看阵图　不晓阴阳
不明兵势　庸才也
亮于三日前已算定
今日有大雾
敢定三日之限
公瑾教我十日办完
工匠料物　都不应手
明白要杀我
我命系于天

鲁肃拜服
船到岸时
周瑜已差遣五百军士
江边等候搬箭
诸葛亮教于船上取之
可得十万余支箭
搬入中军帐交纳

鲁肃见到周瑜
细说诸葛亮取箭之事
周瑜大惊　慨然叹曰
诸葛亮神机妙算　吾不如也

少顷　诸葛亮入寨相见
周瑜下帐迎之
敬服先生神算
诸葛亮曰
诡谲小计　何足为奇
周瑜又说
我主孙权差人来
催促我进军
昨日观察曹操水寨
极是严整有序
非等闲之辈可以攻下
我思得一计　不知可否

诸葛亮道
都督先不要说
各自写在手掌中
看我们想的是否一般
周瑜大喜　写罢

两人靠近一看
周瑜手中是个火字
诸葛亮掌中
也是一个火字

那正是
草船借箭　多多益善
坐享其成　神机妙算
曹操多疑　主动送箭
疑兵之计　过海瞒天
机智孔明　有借无还

第三节　巧借东风

神机妙算属孔明
隆冬借来东南风
火攻破曹显神威
周瑜量小最难容

周瑜近来心气不顺
病卧在床
鲁肃请诸葛亮来医
诸葛亮在纸上
密书十六字
欲破曹公　宜用火攻
万事俱备　只欠东风
周瑜见了大惊
暗想　诸葛亮真神人也
立刻转忧为喜　道
事在危急　望先生赐教

诸葛亮道　亮虽不才
曾遇到奇异之人
传授奇门遁甲天书
可以呼风唤雨
都督若要东南风
可在南屏山上建一座平台
叫作七星坛
高九尺　作三层
用120人绕坛手举旗幡
我在台上作法
借三天三夜东南大风
助都督用兵　何如
周瑜道　莫说三天三夜
只一夜便大事可成
形势迫在眉睫
请万万不要迟误
诸葛亮道
十一月二十日甲子祭风
至二十二日丙寅风停
您看如何
周瑜大喜　一下子坐起
立即使五百精壮军士
到南屏山筑坛
拨120人执旗守坛
听候使唤

诸葛亮于十一月二十日
甲子吉辰
沐浴斋戒　身披道衣
赤足披发来到坛前

吩咐守坛将士
不许擅离方位
不许交头接耳
不许随口乱讲
不许大惊小怪
违令者斩　众人领命

诸葛亮缓步登坛
看好方位　在炉中烧香
在盂内灌水　仰天暗祝
诸葛亮一天上下坛三次
却不见有大风
周瑜等人在帐内等待
黄盖等已准备
火船二十只

督将在寨中每日饮酒
不放一人到岸上哨探
四周全是东吴兵马
围得水泄不通
将士们个个摩拳擦掌
只等帐上号令
这天晚上
天色晴朗　微风不动
周瑜对鲁肃道
诸葛亮之言　实在荒谬
隆冬季节　哪来的东南风
鲁肃说
我想诸葛亮不是谬言

将近三更时分

忽听风声响起
旌旗飘动
周瑜出帐看时
只见旗角竟真的
飘向了西北
霎时间　东南风大作

周瑜惊骇道
此人有夺天地造化之法
鬼神不测之术
若留着他
必是东吴之祸
及早杀掉
免生他日之忧患
赶忙叫来
丁奉徐盛二将
密令各带一百人
徐盛从江内过去
丁奉从旱路速达
到南屏山七星坛前
不用多问
抓住诸葛亮立即斩首
拿人头来见我请功
二将领命而去

丁奉骑马先到
坛上执旗将士当风而立
却不见诸葛亮
问答说　刚才下坛
这时徐盛乘船也到
兵卒报告

昨晚有艘快船
停在前面滩口
方才见孔明披发下船
往上游去了

丁奉　徐盛
连忙分水旱两路追赶
徐盛挂起满帆　乘风追赶
终于看见前面的船
已离得不远
徐盛在船头大声高喊
军师不要走　都督有请
诸葛亮站在船尾
大声道
告诉你家都督好好用兵
我暂回夏口　他日再见
徐盛道　暂停一下
有要紧话转达

诸葛亮道　我已料到
都督不能容我
必定要来加害
事先叫子龙来接应
将军不必追赶
徐盛见前面的船
没挂帆
便只顾往前赶去
待离得近了
赵子龙站在船头
弯弓搭箭　嗖的一声
徐盛船上篷帆的绳索

被射断
篷帆即刻堕落入水
船一下便横了过来

赵云这才撑起满帆
乘风而去
快流如飞　追之不及
岸上　丁奉唤徐盛靠岸
说道　诸葛亮神机妙算
我等不如也

第六章　华容八阵

第一节　智算华容

孔明神算华容道
曹贼落败捡命逃
关羽重义违军令
众将求情把命饶

建安十三年　公元 208 年
冬月黄昏时分
周瑜筹谋已久
诸葛亮借来东风
决定三国鼎立局势的
赤壁之战
在此刻打响

东吴黄盖的数十艘
火船快艇
快速冲向曹营
曹操的连环船
顷刻间起火
风助火势愈加迅猛
很快
陆上营区也烧燃

东吴与刘备军队
同时夹击曹操陆上人马

曹操来不及多思
边打边撤
毫无还手之力
乌林和江陵的通路
眼看就要被切断
危机之中
曹操决定不入江陵
改走华容道
直接退向襄阳

诸葛亮借完东风
被赵云平安接回
刘备与刘琦
在夏口专候迎接
刘备上前说道
一切准备就绪
只等军师调兵遣将

诸葛亮立即升帐
首唤赵云
子龙可带兵马三千
过江直奔乌林小路
埋伏于
树木芦苇茂密之地
今夜四更后
曹操必走此路
等他军马过时
从中间放火

即使全杀不了他
也能消灭一半

赵云道
乌林有路两条
一通南郡
一通荆州
不知曹操会走哪条
诸葛亮说　南郡路险
曹操必不敢走
一定往荆州来
大军投许昌而去
赵云领令

又唤张飞道
翼德可带三千兵过江
阻断夷陵之路
曹操必往北
来日雨过
待他埋锅造饭
只要看到烟起
就在山边放火
即使捉不到曹操
你功劳也不小
张飞领命

诸葛亮又吩咐
糜竺　糜芳　刘封
三人各驾战船
绕江截杀败军
夺取器械

说完　诸葛亮起身
对刘琦道
武昌离这边
只有一望之地
最为重要
公子请速往回赶
带所部之兵　埋伏岸口
曹操一败
必有兵逃来
可就地擒获
切不可轻易离开城郭
刘琦领命

最后　诸葛亮对刘备道
主公可在樊口屯兵
凭借高处观望
坐看今夜
周瑜完成胜战

吩咐妥当
只剩下关羽
站在一旁候令
诸葛亮却全然
不予理睬
关羽再也忍不住
高声喊道
军师为何不用我

诸葛亮这才
不紧不慢说道
云长莫见怪

过去曹操待你不薄
一定想要报答于他
今日曹操兵败
必走华容道
让你去守华容隘口
只怕会放他过去
因此不敢委派

关羽说道
军师好多心
当初曹操将我厚待
我已白马解围而报
今日若让我撞见
定不会放他过去
愿立军令状担保
如果曹操不走华容道
那可又怎么说
诸葛亮道
我也立下军令状
他若不走华容道
甘受军法处置

关羽似乎找到
平衡筹码　心中大喜
诸葛亮吩咐说
可在华容小路边的
高山上
堆积一些柴草
放起一把烟火

曹操看见起烟

以其多疑秉性
定会认为是虚张声势
势必奔向此路
到时候
将军可不要留情面
关羽立刻露出不屑
领令而去

刘备这时说道
我这兄弟义气深重
只怕他还会
放曹操一马
诸葛亮说
我夜观星象
曹贼这回死不了
何不留这份情面
让云长去做　也是好事
刘备道　先生神算
世所罕及

江中鏖兵
周瑜火烧赤壁
曹军大败而逃
一路被剿杀
果然向乌林以西逃窜
见这一带树木丛杂
山川峻险
曹操忽然仰面大笑
诸将问道
丞相为何大笑
曹操说

吾笑周瑜无谋　孔明少智
若是换我用兵
定会在此设伏

话音未落
忽听两边鼓声震天
火光冲起
侧面杀出一军
大叫道
子龙奉军师将令
在此等候多时了
曹操惊得差点落马
慌乱之中冲出烟火
拼命逃窜
子龙也不追赶
只顾抢夺旗帜

天色微明　黑云罩地
东南风仍不停息
忽然大雨倾盆
淋透了将士衣甲
曹军冒雨行军艰难
问前方是何处
军士答
一边是南夷陵
过葫芦口便是
南郡江陵
另一边
是北夷陵山路
曹操下令走南夷陵

走到葫芦口
曹军兵马饥饿困乏
再也走不动
于是埋锅造饭
曹操坐在林下
忽然又仰面大笑起来
众将忙问
丞相刚才　笑出个赵子龙
现在又是为何
曹操看似气定神闲道
诸葛亮　周瑜
毕竟短智少谋
若在此伏下人马
我即便不死　也得重伤

正言间
忽听到前军后军
喊声四起
望眼四周　重重火烟
山口处横起一路人马
为首者
正是燕人张翼德
众人无不心惊胆寒
许褚等将上前抵挡
曹操拨马而逃
张飞从后追赶

曹兵拼命逃窜
好不容易逃脱张飞
行至岔路口
军士禀报曹操

大路平坦
远了五十里
小路狭窄难行
直通华容道
近了五十里
曹操令人上山观望
探马回报
发现小路山边
有几处起烟
大路上没有动静
曹操胸有成竹
兵书曰
虚则实之　实则虚之
吾偏不中他计
下令走华容道

正值隆冬
人马饥寒困乏
士兵焦头烂额
相扶而行　苦不堪言
行不到几里
曹操又扬鞭大笑道
都说周瑜　诸葛亮
足智多谋
依我看
无能之辈也
此处若设下埋伏
我等岂不束手就擒

言犹未了
一声炮响

两旁跳出
五百个校刀手
为首者正是
大将关云长
手提青龙偃月刀
胯下赤兔马
截住曹军去路
曹军见了亡魂丧胆
面面相觑
曹操不由叹了口气
既然到了这一步
只有拼死一战

这时有人提醒
丞相过去有恩于他
不如求他　放过这一关
曹操不禁点头
拱手向前　提起旧话
关羽不禁想起
当初曹操的许多恩德
遂动了恻隐之心
眼见曹军
个个惶惶然
都哭拜于地
关羽一声长叹
将曹军放了过去
自带人马
垂头丧气　空手而返
刘备及众将求情
军师诸葛亮免其一死

有道是
孔明料敌真神妙
关羽心服智谋高
曹操三笑太自傲
差点命丧华容道

第二节　三气周瑜

东吴大将属周瑜
一表人才好武艺
足智多谋逞英豪
只奈量小害自己
仁者之师有大局
自古江山重道义

赤壁大战告捷
周瑜收军点将
大犒三军　论功行赏
听说刘备已移师油江口
心中一惊　暗自思量
刘备有取南郡之意
费这么多力气
真让刘备得南郡
我死也不甘

周瑜心中不快
直接跑到油江口
见过刘备　问道
豫州移兵到此
是不是要取南郡

诸葛亮早已料到
刘备依诸葛亮之计答道
要是都督不取
我便一定要取
周瑜闻言大笑
吞并汉江
东吴早有此意
如今南郡唾手可得
怎会不取

刘备道
现在胜负难料
南郡守将曹仁　勇不可当
只怕都督难办
周瑜态度强硬道
要是我拿不下来
任你们去取
刘备顺势说道
子敬军师都在
作为证人
都督可不要反悔
鲁肃心里踌躇不定
周瑜已经答应
大丈夫一言既出　驷马难追

周瑜放心回寨
当即点兵去决战
曹仁请君入瓮
周瑜不料中计
左胁中了一箭
退兵回营

几日后
曹兵出寨来骂阵
周瑜装作疗伤不出兵
诱敌深入　反败为胜
曹军败逃
周瑜一路追杀到南郡
曹仁不敢回南郡
直奔襄阳而去

周瑜率部到南郡城下
却见旌旗招展
城上一将冲他大叫
都督不要怪罪
我乃常山赵子龙
奉军师之命　已取南郡
周瑜大怒　下令攻城
城上顿时箭如雨发
周瑜只好退兵
商议先去取襄阳
回头再谋南郡

忽然战马飞报
夏侯惇在襄阳
诸葛亮差人持兵符
诈称曹仁求救
诱夏侯惇引兵出来
让关羽袭取襄阳
二处城池
全不费力　皆属刘备
周瑜闻之　一再哀叹
几郡城池无我份

一场辛苦忙为谁

为除掉刘备诸葛亮
周瑜日夜苦思冥想
又心生一计
自从甘夫人去世
刘备昼夜烦恼
正在这时
东吴提出联姻
将吴主孙权之妹
嫁给刘备
诸葛亮看出是计
决定将计就计
派赵云护同前往
送刘备过江结亲
孙夫人和吴国太
不知是计　弄假成真
刘备与孙夫人喜结良缘

一计未成
周瑜又生一计
用华堂美色
将刘备留在东吴
渐与诸葛亮等疏远
则荆州可图

眼看到了年关
赵云忽然想起
离开荆州时
军师给了三个锦囊
在南徐开了一个

要他到年终开第二个
危急无路之时开第三个
于是忙拆开来看
感叹军师妙计良方

赵云当日来见刘备
装作失惊的模样
今早丞相派人来报
曹操要报赤壁之恨
率精兵五十万　杀奔荆州
情况十分危急
请主公这就回返
刘备入见孙夫人
声泪俱下
请夫人放他回荆州
夫人表示愿陪他去
怕孙权和国太不允
推称祭祖到江边
不告而辞

第二天
孙权听说刘备走了
急忙派人追赶
刘备一路颠簸
前有拦截　后有追赶
赵云拆开第三个锦囊
刘备看了
忙到孙夫人车前
哭告周瑜孙权的阴谋
求夫人解难

孙夫人听罢
怒然说道
我兄不仁在先
不必再去见他
于是亲自出马
与赵云一起
挡住前后四将追赶

刘备到了岸边
追兵在后　尘烟冲天
危急之时
忽见岸边
抛着二十只篷船
子龙忙引刘备和孙夫人
及五百军士上船
只见船舱中走出一人
羽扇纶巾
说道　主公且喜
诸葛亮在此等候多时
船中扮客的
都是荆州水军
刘备大喜
不多时
后面四将追赶而来
诸葛亮冲岸上喊道
回去转告周郎
不要再使美人计
乱箭射来
船却早已开远

正行之间

忽然　江声大震
周瑜亲率水军来追
快似流星
诸葛亮吩咐停船上岸
车马登程
周瑜等也追上岸来
水军步行
为首官军骑马
追到黄州界首
望见刘备车马不远
正赶之间
只听一声鼓响
山谷内一队刀手拥出
为首正是关云长
两军杀出　吴军大败

周瑜等溃逃
急急上船
却听岸上军士齐声大喊
周郎妙计安天下
赔了夫人又折兵
周瑜大怒
欲再登岸决一死战
众人赶忙相劝
周瑜暗自懊恼
我计没成
回见吴侯有何脸面
说着　倒在船上
众将急救
却早已不省人事
正是

两番弄巧反成拙
害人不成酿恶果

赤壁大战中
诸葛亮袭了南郡和荆襄
周瑜气怒之极
欲再夺回
鲁肃说
先去同刘备讲理
讲不成再动兵不迟
于是来到荆州
诸葛亮对鲁肃道
荆襄九郡
并非东吴地盘
而是刘表的基业
我主刘备是刘表之弟
刘表虽亡
他的儿子还在
刘备以叔叔的名义
辅佐公子　理所当然
公子在一日
就不能不管
鲁肃认为
若是公子在可以理解
但见公子刘琦大病在床
便说　如果公子不在了
又当怎样
诸葛亮道
那时再作其他商议
鲁肃告辞

不久　公子刘琦病亡
过了半月
鲁肃前来吊丧
商论荆州交割之事
谁知诸葛亮变了脸
说道　我主是皇室之胄
刘表之弟
弟承兄业　恰是正当
你主孙权
只是钱塘小官之子
对朝廷一向无甚功德
却依仗势力
已占据六郡八十一州
仍然心贪
想要吞并汉朝疆土
刘氏天下
没有姓刘的份
姓孙的反要强行争占

赤壁之战
我主付出很多
众将个个拼命血战
岂是江东独自攻陷
要不是我借来东风
周郎半筹之功也难施展
江南若被破
别说二乔
要被捉进铜雀台
全家老小也难安
你乃聪明之人
用不着我多说

为何不好好想想
鲁肃闭口无言
只怕回去无法交差
两家又动干戈
诸葛亮道
要是怕面子不好看
可以立个文书
说我们暂借荆州
等取到西川
再将荆州归还
鲁肃无奈　只好认可

周瑜心有不甘
一直想着报仇雪恨
见荆州之事一拖再延
刘备说要取西川
却不动兵
让鲁肃再去催
这次诸葛亮对鲁肃说
西川益州刘璋
是我主之弟　汉朝骨肉
夺他的城池
会遭天下耻笑
若要不取　还其荆州
又无处安身
真是两难
刘备这时　捶胸顿足
放声大哭起来
请鲁肃再容几时
鲁肃宽厚
见此情景　只得应允

鲁肃回去禀告
周瑜听了一跺脚
子敬又中计了
叫鲁肃去告诉刘备
东吴出兵取西川
作为孙权妹的嫁资
刘备交还荆州
鲁肃道
西川遥远　怕是不易
周瑜道　真是老糊涂了
只是以此为借口
实取荆州
且叫刘备没有提防
东吴假装兵收西川
路过荆州时
向刘备索要粮钱
刘备一定会出城劳军
我们乘势杀了他
夺取荆州
雪我心头之恨

鲁肃听罢　又来告之
刘备拱手称谢
多亏子敬好言相劝
雄师到来
一定出城劳军
诸葛亮也道
吴侯真是好心
鲁肃暗喜　宴后告辞
诸葛亮对刘备道

这叫假途灭虢之计
虚名收川　实取荆州
攻其不备　出其不意
这次周瑜若来　即便不死
也伤九分元气

周瑜率战舰
密密排在江上
直奔荆州而来
到了城下却不见动静
周瑜命军士叫门
忽然一声梆子响
城上士兵
一齐竖起枪和箭
赵云闪出曰
都督之计
已被我军师识破
我家主公与刘璋
皆为汉室宗亲
不能背义而夺西川

周瑜一听　拨马便回
早被四路人马围杀
喊声震动百余里
都要捉住周瑜
周瑜大叫一声坠下马来
左右急忙将他救上船

军士传话说
刘备　诸葛亮
在前面山顶上饮酒取乐

周瑜大怒　咬牙切齿
别以为我周瑜
取不了西川
我发誓一定取下
下令催促军队向前

行到巴丘
诸葛亮派二将
领军截住水路
给周瑜递来一封书信
拆开看到
亮与公瑾自从柴桑一别
至今恋恋不忘
听说足下要取西川
亮认为不可
益州民强地险
完全能够自守
公瑾如今劳军远征
上万里路转运
要想收到全部功效
就是吴起　孙武
也难以做到
曹操赤壁一战失利
会随时报仇
现在足下率兵远征
倘若曹操趁虚而入
江南不保
亮不忍袖首旁观
特此告知于你
幸望三思想周全

周瑜看罢　长叹一声
叫人取来纸笔
上书吴侯
把众将聚到左右
我非不想尽忠报国
无奈天命已绝
你们好好扶佐吴侯
共成大业
说完昏了过去
周瑜再次醒过来时
仰天长叹一声
既生瑜　何生亮
连叫数声而死
享年 36 岁

诸葛亮闻知周瑜已死
对刘备说
我得去一趟江东
以吊丧为由
为主公寻访贤士
刘备道　只怕东吴将士
会加害于先生
诸葛亮道
周瑜在时我都不怕
如今还怕什么
于是带上赵云等五百军士
赶到柴桑
鲁肃以礼迎接
周瑜部将都要杀害诸葛亮
看到相随的赵云带着剑
不敢下手

诸葛亮教人
设祭物于灵前
亲自祭酒　跪在地上
读祭文道
呜呼公瑾　不幸夭亡
修短故天　人岂不伤
我心实痛　酹酒一觞
君其有灵　享我烝尝
吊君幼学　以交伯符
仗义疏财　让舍以居
吊君弱冠　万里鹏抟
定建霸业　割据江南
吊君壮力　远镇巴丘
景升怀虑　讨逆无忧
吊君丰度　佳配小乔
汉臣之婿　不愧当朝
吊君气慨　谏阻纳质
始不垂翅　终能奋翼
吊君鄱阳　蒋干来说
挥洒自如　雅量高志
吊君弘才　文武筹略
火攻破敌　挽强为弱
想君当年　雄姿英发
哭君早逝　俯地流血
忠义之心　英灵之气
命终三纪　名垂百世
哀君情切　愁肠千结
惟我肝胆　悲无断绝
昊天昏地　三军怆然
主为哀泣　友为泪涟

亮也不才　丐计求谋
助吴拒曹　辅汉安刘
掎角之援　首尾相俦
若存若亡　何虑何忧
呜呼公瑾　生死永别
朴守其贞　冥冥灭灭
魂如有灵　以鉴我心
从此天下　更无知音
呜呼痛哉　伏惟尚飨

诸葛亮祭完　伏地大哭
哀恸不已　泪如涌泉
众将见此情景　相互说道
都说公瑾与孔明不和
看此祭奠之情
怕是都说错了
鲁肃见诸葛亮
如此悲切
也十分感伤　暗自想
诸葛亮本是个多情之人
公瑾气量过窄
自己害了自己
鲁肃设宴款待诸葛亮
宴罢　诸葛亮便行告辞

刚要下船
却见江边有个人
穿着道袍　头戴竹冠
一把抓住诸葛亮大笑道
你气死周瑜
却又来吊孝

明明是欺负东吴没有人了
诸葛亮定睛一看
也不由大笑起来
原来竟是凤雏
庞统庞士元
两人携手一起登船
相互倾心交谈
诸葛亮给庞统
留下一封推荐信
叮嘱道
孙权未必能重用你
稍有不如意　可来荆州
和我一起扶佐刘备
刘备宽仁厚德
不会辜负兄平生之所学
庞统应之
诸葛亮返回荆州

第三节　布八阵图

神秘莫测八阵图
乱石堆中阵势布
处处机关巧变幻
十万精兵奈何如

八阵图
是诸葛亮垒土石为阵
以作军事学习之用
又恰似一种兵力部署
天　地　风　云

龙　虎　鸟　蛇
由此组成八种阵图
天覆　地载　风扬　云垂
龙飞　虎翼　鸟翔　蛇蟠
八阵图又按遁甲分成
生　伤　休　杜
景　死　惊　开
八门变化万端
可挡十万精兵
阵式变幻多端
只要敌军误入其中
就如鱼之在笱　虎落陷阱
前人赞扬八阵图
并谋兼智　文经武纬
生变无穷　神妙莫测

建安十六年　公元211年
益州牧刘璋
派法正到荆州
请刘备去打汉中张鲁
刘备率几万人入蜀
进驻葭萌
留诸葛亮和关羽镇守荆州

建安十八年
诸葛亮留关羽守荆州
带领张飞赵云等
占领巴东等郡县
第二年　刘璋投降
刘备进入成都　又占益州
刘备外出打仗

诸葛亮镇守成都
兵多粮足

建安二十二年
孙权降曹
刘备进兵汉中
并于后年拿下汉中
当年秋　关羽被袭杀
失掉荆州
建安二十五年
曹操死于洛阳
曹丕代汉称帝　废汉献帝
改年号为黄初元年
历史进入三国时期

建安二十六年
刘备称帝
立子刘禅为太子
诸葛亮为丞相
定该年为章武元年
这年六月
张飞被部下杀害
第二年六月
东吴大都督陆逊
大破蜀军于夷陵等地
刘备退至白帝城
赵云引兵据守

陆逊大获全胜
又往西追　离夔关不远
望见临江的山边

有一阵杀气冲天而起
料定有埋伏
下令倒退十多里
又差人去哨探
回报　并无军队屯扎
陆逊不信　登高一望
杀气又起
便令人再去打探
回报　前面确无一人一马
眼看太阳快要落山
杀气更胜
让心腹之人再去探看
回报　还是没见有人
只有乱石八九十堆

陆逊大惑不解
找当地人来问
是何人堆放这些乱石
为何会有杀气冲起
土人说　此地叫鱼腹浦
诸葛亮入川时
派兵在这里用石头排成阵
从那以后
这里常有云气生腾
陆逊听罢　带人来看石阵
立马在山坡上
只见四面八方都有门户
陆逊笑道
不过是迷惑人的魔术罢了
能有何用
便带人纵马下山

一直进到石阵里
手下部将道　天渐黑
请都督早些回吧
陆逊刚要出阵
忽然狂风大作
一霎间　飞沙走石
遮天盖地　怪石嵯峨
横沙立土　江声浪涌
陆逊大惊　中了诸葛亮之计
急忙返回　却无路可走

正惊疑之间
忽见一位长者出现
笑问　将军想要出阵
陆逊道
请长者带我们出去
老人拄着拐杖慢慢前走
径直走出了石阵
并未遇上阻碍

陆逊问　长者是谁
老人答道　老夫乃是
诸葛亮岳父黄承彦
当初小婿入川
在这里布下石阵
叫作八阵图
共八个门
每日每时　变化无端
抵得上精兵十万
他临走时嘱我
今后若遇东吴大将

迷困于阵中
不要带他出来

老夫刚才在山上
见将军从死门而入
想你一定不识此阵
被困其中
老夫平生好善
不忍将军在这里深陷
特地从生门引你出来
陆逊问
公曾学过这个阵法吗
黄承彦道
变化无穷　无法学也
陆逊慌忙下马拜谢

杜甫诗曰
功盖三分国
名成八阵图
三国鼎立
孔明的功勋最为卓著
他创制的八卦阵
更是名扬千古

第七章　承主托孤

第一节　白帝重托

唐代诗人元稹
在《叹卧龙》中曰
拨乱扶危主
殷勤受托孤
英才过管乐
妙策胜孙吴

蜀汉章武元年（221年）秋
孙权趁关羽与曹军
在樊城作战之际
派大将吕蒙偷袭荆州
关羽进退两难
腹背受敌　士卒离散
寒冬腊月
关羽率领残兵南返
至章乡（今湖北当阳东北）
与子关平皆被吴将俘杀
孙权占领荆州六郡
吴蜀联盟关系破裂

先有关羽被杀荆州沦陷

后有张飞被害
刘备盛怒之下
决意为关羽报仇
而当时蜀汉政权
建立刚 3 个月
无论是政局及战略上
还是蜀汉内部实情
都需要休养生息

丞相诸葛亮
与朝中大臣极力相劝
然而刘备一意孤行
亲率蜀汉军队七十多万
七百余里联营
以倾家之力攻打东吴
没料想却在猇亭
遭到陆逊火攻后大败
诸葛亮派赵云
接应刘备
退到白帝城永安宫

猇亭之战
刘备最终没有带上诸葛亮
作为刘备
最信任的重臣之一
不管是辅佐太子
还是稳定内部及保障后勤
诸葛亮都是不二之选
然而正是因为
诸葛亮的这次缺席
悲剧发生了

刘备大败
蜀汉吃了个大亏
最后一点家当
也被彻底掏空

唐代诗人杜甫有诗曰
江流石不转　遗恨失吞吴
次年春　刘备病重
自知病体难愈
派人日夜兼程去成都
请诸葛亮来嘱托后事

诸葛亮留太子刘禅
守住成都
诸葛亮带着刘备
另外两个儿子刘永刘理
奔赴白帝城永安宫受命
君臣一见面
看到刘备病得不成样子
诸葛亮一阵心酸
慌忙拜倒在刘备跟前

刘备叫诸葛亮坐在旁边
用手摸着他的肩背说
自从得了丞相
我发展了自己的事业
只是由于见识浅薄
没听丞相的劝言
遭到今天的失败
现在后悔已晚
看来我这病难以痊愈

我儿子能力太弱
不得不将大事委托你
君之才　十倍曹丕
必能安国
终定大事
若嗣子可辅则辅之
如其不才
君可自取
我毫无怨言

诸葛亮听到这话
立即哭拜在地
臣必竭尽股肱之力
效忠贞之节
继之以死
说完　叩头出血

刘备又传诏
我已把国家大事
托拜给丞相
诸位也不可怠慢
说完　闭上了双眼
带着未竟之志
溘然长逝
终年六十三岁
谥号昭烈帝
庙号烈祖　葬惠陵
刘禅继位为后主
改年号为建兴
封诸葛亮为武乡侯
领益州牧

第二节　七擒孟获

南中首领叫孟获
骚扰百姓常闹乱
孔明设计大患除
七擒七纵终服软
口服心服永归顺
南方就此保平安

西南首领孟获起兵叛乱
诸葛亮并未立即去平叛
夷陵惨败　精锐尽失
诸葛亮接手的蜀国
人才极度凋敝
五虎上将接连去世
军队不到 10 万人
加之内部极其不稳
面临严峻考验
诸葛亮深知
蜀汉太需要稳定
直到建兴三年（225 年）
经过两年的休养生息
蜀国才渐渐复元

诸葛亮决心平定南中叛乱
遂入朝上奏后主
臣观南蛮不服
是国之大患
臣要亲率大军征讨平叛

诸葛亮事先了解到
孟获骁勇善战
在少数民族中颇有人缘
诸葛亮决定攻心为上
将孟获收服

孟获英勇　但不善用兵
第一次交战
见蜀军败退
不顾一切地追赶
闯入诸葛亮的埋伏圈
被魏延活捉
孟获认定自己要玩完
不料诸葛亮竟亲自给他松绑
并好言相劝
但孟获却不服气
言胜败乃兵家常事
诸葛亮一笑将他释放

放走孟获后
诸葛亮找来孟获的副将
故意说此次叛乱
孟获说是由他引起
副将听了大声喊冤
回营后一直愤愤不平
设计将孟获骗入自己帐内
捆绑后送去汉营
孟获让自己人加害
更是不服
诸葛亮不仅不计较

还让孟获在蜀营参观
第二次把他放还

汉营众将不解
孟获是南蛮首领
抓住他就等于
平定了南方
却为何又放还
大家远涉而来
这么轻易放走敌人
简直就像是开玩笑

诸葛亮却自有道理
我擒孟获　易如反掌
只有让他心服口服
才算真正平定南蛮
但众将都不认可
像孟获如此野蛮之人
怎会心甘情愿
诸葛亮语重心长道
历来只有以德服人
才能真正让人心服
以力服人必有后患

孟获在蜀营里观看
兵力一目了然
决定当晚便去偷袭
半夜时分　夜静月圆
孟优带人到汉营诈降
诸葛亮一眼将其识破
下令拿美酒大赏

蛮兵喝得酩酊大醉
孟获按计前来劫营
却不料自投罗网
这回孟获仍不心甘
诸葛亮第三次放虎归山

一天　忽有探子来报
孔明正独自在阵前察看
孟获听后大喜
立即带人捉拿诸葛亮
不料又中计被擒
知孟获不服气
诸葛亮第四次放了他

孟获营中一员大将
带来洞主杨峰
因数次被擒数次被放
心里十分感激诸葛亮
为了报恩
他与夫人一起
将孟获灌醉后押到汉营
孟获大呼内贼陷害
诸葛亮第五次放了他

孟获似乎开窍有了灵感
去投奔了木鹿大王
其营在秃龙洞极为偏僻
汉兵前往一路艰险
蛮兵使用野兽入战
汉兵失败　又遇毒泉
情况变得更为危险

幸亏得到伏波将军
及孟获兄长孟节指点
汉军才平安回营

诸葛亮根据战场所见
制造大于真兽几倍的假兽
木鹿人马见了假兽
十分害怕　不战自退
这次孟获依然不服
诸葛亮看出他的心思
第六次放了他

孟获又去投奔乌戈国
国王兀突骨
拥有一支藤甲兵
装备的藤甲刀枪不入
诸葛亮对此早有所备
采用火攻大胜
孟获第七次被擒

诸葛亮派人对孟获说
诸葛丞相羞于见你
叫再放你回去招兵来战
孟获流着眼泪说
七擒七纵　自古无有
边野之人　也懂廉耻
于是率众跪拜
永远归服　心甘情愿
以后绝不再谋反

诸葛亮此番七擒七纵

使南中蛮王孟获心服口服
蜀军班师回返
不留一兵一人
孟获率众罗拜相送
南方就此平安
诸葛亮引军凯旋

这就是
孔明智慧俘蛮王
良苦用心换归降
屈人之兵非战也
得人心者能安邦

第三节　呈出师表

受任于败军之际
奉命于危难之间
不遗余力辅后主
兴复汉室保民安

诸葛亮获悉魏国新变
魏王曹丕病逝
曹叡继位
认为北伐时机已显现
为实现先主的夙愿
诸葛亮决定开征北伐
临行前上书出师表
以表自己的志愿
临表涕零
表达不负先帝重托

不忘先帝遗愿
殚精竭虑志不移
以身许国使命担的坚定决心

诸葛亮在前出师表中说
臣本布衣
躬耕于南阳
苟全性命于乱世
不求闻达于诸侯
先帝不以臣卑鄙
猥自枉屈
三顾臣于草庐之中
咨臣以当世之事
由是感激
遂许先帝以驱驰
后值倾覆
受任于败军之际
奉命于危难之间
尔来二十有一年矣
先帝知臣谨慎
故临崩寄臣以大事也
受命以来
夙夜忧叹
恐托付不效
以伤先帝之明

诸葛亮对刘禅
怀有殷切期盼
言辞恳切委婉
慈爱之心溢于言表
国之重任千鼎在肩

诸葛亮希望刘禅
继承先帝遗志
多听取别人的意见
亲贤远佞　修明政治
教育他改变心性
不妄自菲薄
内外公正　赏罚分明
朝廷方能安定
民心才能归附
以此兴汉保江山

诸葛亮在表文中
从大政原则到具体操作
指导非常细致
藉此培养一位贤君
完成刘备生前夙愿
而对外使命
诸葛亮自己独揽
一片赤诚忠心　天地鉴

有道是
出师一表真名世
千载谁堪伯仲间
不忘先帝之遗愿
戈戟如林志霄汉

第八章 北伐中原

第一节 五出祁山

风萧萧山高路险
路漫漫地阔天远
犹见当年古战场
大军奔突蜀道难
势控攻守阻要冲
地扼陇川锁喉咽
北伐平乱兴汉室
武侯自此窥中原

众将询问诸葛亮
取长安另有路可选
丞相为何只取祁山
诸葛亮曰
祁山乃长安之首也
陇西诸郡　倘有兵来
必由此地
更兼前临渭滨
后靠斜谷　左出右入
可以伏兵　乃用武之地
吾故欲先取此　得地利也
众将听罢皆拜服

祁山
因诸葛亮六出闻名
是天水　礼县　西和三县
交会的金三角地带
这里沙草晨牧
河冰夜渡　地阔天长
古时候是由甘入川的锁钥之地
兵家必争的古战场
诸葛亮北伐中原
皆经由祁山
故称为六出祁山
是诸葛亮晚年
北伐战略行动的总称
也是其百折不挠
鞠躬尽瘁精神的
象征和体现

诸葛亮深知
分裂终会走向统一
各方都在等待一个时机
合久必分　分久必合
三足鼎立的局面
总有一天要被打破
完成统一大业
是他对先帝的承诺

诸葛亮也深知
比较三国综合国力
曹魏雄踞中原
兵甲充足

孙吴盘踞江南
经历了三代承传
政权稳固无间
蜀国当前的局面
绝对实力并不乐观

论人口多寡　疆域幅员
论经济高低　根基深浅
蜀国无一匹魏吴之处
小国寡民先天不足
使得蜀国在起跑线上
就远远落后于魏吴
北伐是一着被迫的险棋

先帝去世后
诸葛亮分身乏术
苦心经营多年
但与魏吴两国相比
力量依然弱小
弱国焉能灭掉强国
但诸葛亮内心明白
国之士气更重要
蜀国太需要一场
提振人心的大胜之战

建兴五年
诸葛亮率大军
一出祁山
也是第一次北伐作战
是蜀汉北伐历史中
最接近成功的一次

蜀军率先进驻汉中
运粮草　屯重兵
开始谋划筹备
迎接即将开始的大战

曹叡得报大惊
吓出一身冷汗
派夏侯楙为大都督
领关西诸路兵马
二十五万抵挡蜀军
魏延认为夏侯楙
懦弱无谋　不足为虑
请求领五千精兵
出子午谷奇袭长安
诸葛亮认为此计
不够稳妥　未予采纳

蜀军从陇右大路进兵
魏军先锋韩德率四子
取路凤鸣山迎战
年近七旬的老将赵云
重新披挂上阵
英勇不减当年
首次出战便力斩
韩德父子五人
威震敌军
这正是
忆昔常山赵子龙
年登七十建奇功
独诛五将来冲阵
犹似当阳救后主

建兴六年春
诸葛亮声东击西
扬言由斜谷北出
攻取眉县
派赵云　邓芝
做疑兵占据箕谷
与魏将曹真对阵
以吸引曹真重兵
诸葛亮则亲率各军
攻取祁山
得天水　南安　安定三郡
蜀军一路高歌
一时响震关中

五年的苦心酝酿
和渗透策反
让蜀汉在一开始
就占据了主动权
在战役初始阶段
北伐作战刚启动
蜀军还未攻入曹魏境内
甘肃南部的陇右五郡
就有三个郡叛变
宣布跟随蜀汉
顷刻间凉州南部
蜀汉的军旗已插满

似乎在这一刻
胜利的天平已经
倒向蜀汉集团

只要拿下剩下的两个郡
陇右彻底划归蜀汉
向北进占凉州
似乎指日可待
西北和西南
也将彻底归属蜀汉
由此打开了
长期蜗居西南的困境
获得战略拓展
和战马资源

而命运往往转瞬即逝
这近在咫尺的成功
却因为街亭的失败
而直接化为乌有
智者千虑必有一失
诸葛亮错用马谡
大意失街亭
蜀汉丧失战略主动权
诸葛亮被动应敌
唱空城计　大胆弄险
另一边赵云等出兵
亦遭遇不利
诸葛亮无奈返回汉中
第一次北伐历时一年
最后功败垂成

经过通盘考虑
诸葛亮决定暂留汉中
囤积粮草添装备
厉兵讲武多演练

制造攻城渡水的器械
准备再次北伐
同年九月
吴魏两国交战
关中虚弱
而汉中正是兵强马壮
粮食充足
诸葛亮决定趁机伐魏
再呈出师表
因第一次北伐时
已上呈一篇《出师表》
故此次被称作《后出师表》

建兴六年冬
诸葛亮领兵
第二次北伐中原
诸葛亮师出散关
派魏延当先锋
直攻陈仓道口
司马懿早料到
诸葛亮会趁机攻魏
派郝昭把守陈仓
筑好防御城墙
深沟高垒难攻陷
蜀军连续攻打二十多天
终因粮尽而撤
魏将王双趁机
穷追不舍
最后被蜀将力斩

建兴七年

第三次北伐
闻悉吴王孙权改元
诸葛亮上表后主
送重礼以表祝贺
约定两国共同伐魏

闻听陈仓守将郝昭病重
诸葛亮乘机派遣陈式
进攻武都阴平二郡
诸葛亮亲率兵至建威
雍州刺史郭淮
引兵救援
诸葛亮派王平　姜维
关兴　张苞四将
前后攻杀郭淮　孙礼
魏兵大败
蜀军攻占陈仓和建威
诸葛亮率蜀军
第三次到祁山

魏明帝曹叡获悉
蜀军再度逼近长安
遂命司马懿
代理大都督
统领大军　立刻迎战
司马懿精于谋算
担心不是诸葛亮对手
令魏军坚守营寨
任何人不准出战
待蜀军粮食耗完
再做定夺不晚

诸葛亮设计巧妙诱敌
命军队拔去营寨
假装撤退回返
魏军先锋张郃请战
司马懿同意出兵
张郃只顾拼命追赶
不料半路中了埋伏
张郃拼死力战
仍无法脱身
司马懿挥军来救援

诸葛亮趁机
派姜维　廖化
暗中偷袭魏营
司马懿阵脚全乱
蜀军大胜魏军
俘获无数战马器械
士气正旺
诸葛亮决定乘胜进击

突然　成都传来噩耗
大将张苞不治身亡
诸葛亮悲痛难掩
放声大哭

为防不测
蜀军不得不放弃进攻
留兵据守陈仓　建威
大部暗中回师汉中
蜀军退兵五日后

司马懿才得到消息
连连叹服道
诸葛亮用兵神出鬼没
实在不如他

次年
魏王曹叡命司马懿
为征西副都督
协助曹真攻伐蜀国

得知魏国来犯
诸葛亮夜观天象
断定几日内必降暴雨
故不急于迎战
命蜀军加强防守
增调援军　有备无患
果然暴雨连下三十余天
子午谷　斜谷
道路一概不通
魏军刚到陈仓
被暴雨困住
最后无奈引兵退还

建兴九年
第四次北伐
诸葛亮包围祁山
司马懿派精兵四千
前往上邽防守
自己率兵解救祁山

上邽是魏军粮库基地

重兵防守　壁垒森严
司马懿认为
诸葛亮小心谨慎
不敢分兵攻上邽
未曾料想
司马懿的心思
却被诸葛亮看穿
直接分兵进攻
一部分继续攻祁山
诸葛亮亲自挂帅
偷袭上邽

上邽被攻　魏军大惊
大军不可一日无粮
司马懿当即下令
回军上邽　紧急救援
诸葛亮早知
上邽一时难以攻陷
暂且虚晃一枪
真正目的瞄准了
司马懿带领的魏军主力

司马懿心中焦急
领军亡命奔袭
两夜两天不休不眠
终于抵达上邽
司马懿心里明白
诸葛亮随时都可能出现
立足未稳就抓紧布置
到时配合上邽守军
来个两面夹击

打蜀军个措手不及
诸葛亮却一反常态
刚攻不到一半
见到魏军援军
就速速撤还

魏蜀两军相互追赶
一直跑到了卤城
这里才是诸葛亮
想要的绝佳地利
占卤城　据南北二山
断水为重围
诸葛亮真正的主力
早在此设下包围圈
等待引来的魏军
以逸待劳
司马懿至此才恍然大悟
却为时已晚

诸葛亮迂回分兵巧用计
引诱司马懿进入
早已设计好的埋伏圈
瓮中捉鳖
司马懿惨遭大败
蜀汉俘斩万计
得甲三千
铠五千　弩三千

卤城之战
堪称诸葛亮
逐荡沙场的巅峰之作

战场地理环境狭窄
且魏军闭门自守
面对各种不利条件
诸葛亮引诱魏军出战
甚至不惜粮道被断
南北包夹绝境陷

诸葛亮打活心理战
神龙见首不见尾
敌虽兵多
却无法集中兵力
司马懿虚实难辨
无从下手　举措慌乱
诸葛亮智高一等
史诗级军事才能
充分展现
军事史上留丰碑
划时代战例天下传

建兴十二年
诸葛亮五出祁山
开始第五次北伐
十万大军出斜谷口
到达郿县（渭水南岸）
扎营五丈原
司马懿被诸葛亮打怕
筑营阻拦　不出战
料知蜀军远来
粮草运输有困难
想把蜀军拖垮再做盘算
诸葛亮也有准备

在渭水分兵屯田
作长期打算

多年的操心与奔波
诸葛亮积劳成疾
八月间
病情日益严重
不久病逝于五丈原
诸葛亮北定中原
兴复汉室的大业就此终结

第二节　智收姜维

建兴五年
诸葛亮率军北伐中原
魏主曹叡得报大惊
夏侯惇之子夏侯楙
请命出征
夏侯楙身为驸马
地位尊贵　掌握兵权
却从未经过实战
曹叡封夏侯楙为大都督
韩德为先锋
率关西兵二十万
应敌诸葛亮

蜀军分三路夹攻鏖战
大破魏兵阵盘
杀得尸横遍野
夏侯楙幼稚无谋

未经战阵　不知所措
引着帐下百余人
投去南安
魏兵见没了主帅
都溃散逃窜

诸葛亮设计
让人假扮夏侯楙部下
前往安定求救
安定太守崔谅
遂起兵来南安
路上被关兴　张苞
前后夹击
崔谅退回安定
城池已被魏延夺占

崔谅走投无路
不得已假意投降诸葛亮
崔谅假意去南安
招降太守杨陵
却设计引诸葛亮进城
诸葛亮早已识破
将计就计
派关兴与崔谅进城
等开了城门
关兴将杨陵一刀斩
崔谅要逃
被张苞一枪刺于马下
攻克安定　南安两郡
擒了夏侯楙

诸葛亮同样派人
假冒夏侯楙部下
去天水求救
天水郡太守马遵得讯
正要起兵
忽然有人从外面
进来说道
太守中诸葛亮之计了
此人姓姜名维　字伯约
自幼群书博览
兵法武艺　无所不研

当日姜维对马遵道
诸葛亮杀败夏侯楙
围住南安水泄不通
如何能有人突出重围
况且来人未曾见过
又无公函
必然是要引太守出城
然后乘虚夺取天水
马遵恍然大悟道
要不是伯约之言
则误中奸计了

姜维接着把妙计献
让马遵假装出城
去实施救援
自己领精兵三千
埋伏于城墙外
到时前后夹攻蜀兵
将计就计

大败诸葛亮
以解南安之危
马遵听了将信将疑
让姜维立下军令状
马遵才依计行事

见马遵领兵出城
赵云引军五千
来到天水城下
高叫道
我乃常山赵子龙
还不快快开城投降
城上梁绪大笑
你中我姜伯约之计
还蒙在鼓里

赵云正要攻城
忽然喊声大震
四面火光冲天
当先一员少年将军
挺枪跃马　道
认识天水姜伯约吗
赵云挺枪直取姜维
战了数回合
姜维精神倍长
赵云大惊　暗想
想不到此处
有这般人物
正战时
马遵兵马杀回
赵云首尾不能相顾

冲开条路
引军败走

诸葛亮闻讯惊问
此是何人　能识我计
遂命马岱去阵前打探
围困赵老将军的
是何人领兵　如何布阵
其人如何　速速报知
诸葛亮自语道
想那马遵　量小忌才
乃庸人之辈
焉能识破我计

诸葛亮于是亲自提兵
至天水城下
商议攻城
当晚半夜　月光正暗
忽然四下火光冲天
喊声震地响天
四面兵马刹那间杀到
情形危险
关兴　张苞二将
保护诸葛亮杀出重围
回头看时
火光中姜维兵马
如一条长蛇
诸葛亮叹道
兵不在多
在人之调遣
姜维真是将才

诸葛亮情不自禁
心生感叹
当初卧龙岗隐居博览
习兵书　研韬略
学以致远
先主公冒雪亲访三番
出茅庐　匡扶汉
一统江山
烧博望　焚新野
赤壁大战威风展
烧藤甲　擒孟获
平定南方保民安
创大业全凭那
五虎上将本领显

实不幸啊
二将军驾薨在玉泉山
三将军急报仇被刺遇难
黄忠老将战死沙场
痛失马超
折我一只臂膀
想当年
五虎上将　万夫莫当
现独撒赵云老将
年近七旬白发添
怎怨他失兵机　挫锐气
只怨我低估了这小将
虎符计被识破不寻常
如今自己也年将半百
何人能继我大任担

马岱手执一狼牙箭
打探归来
禀丞相　末将探得
天水关之内
领兵布阵之将
名叫姜维
所布一字长蛇阵
杀法骁勇
血气方刚
真乃是一员战将
末将捡来一支
姜维所用的狼牙箭

诸葛亮许久凝视着狼牙箭
问道
那姜维现居何职
居何处　家有何人
马岱答道
姜维是冀城人士
马遵帐下的
小小牙将中郎
暂住天水关内
老母妻室　俱甚德贤

姜维虽屈居偏裨
却是才高智广
奉母甚孝
是一个智勇双全
的良才贤将
合郡人把他称赞

是当代英雄
孝义无双
现今甚是屈屈不得志
赵云又夸奖
姜维枪法不同凡响

诸葛亮仰天感叹
难怪此战失利
真乃是兵不在广
而在于运用之妙
请马将军多差细作
把马遵　姜维的
动静打探　随报我知
马岱领命

诸葛亮心情激动
忠义无双　孝义双全
真乃是明珠暗投
可惜呀可惜
居相位数十年
屡屡访贤
如今遇着个国士无双
待我重定计
排兵点将
收那姜伯约降顺汉王

诸葛亮一面布置连环战
让马岱　关兴　张苞
拖住姜维
一面派魏延
假扮姜维骂关

马遵心地狭窄
多疑妒贤
中了反间计
诸葛亮又让赵云
乘虚而入
四更天夺天水
三路佯攻　一路智取
攻进天水关
救出被马遵扣为人质的
姜维的母亲　妻子

诸葛亮亲书一信
嘱咐赵云
一定要保护他
阖府安康
见姜母交书信
把好话多讲
就说我敬慕非常
把姜母搬回营
安然无恙

赵云心生感叹
实服了汉丞相
才高智广
不用杀不用战
管叫他自来降
强似我跨战马
重赴战场
赵云大帐施礼
拜别丞相

诸葛亮吩咐升帐
心中感慨万分
想当年赵云在长坂坡
一杆枪战曹兵
无人阻挡
到如今年迈发霜
怎比那姜维血气方刚

魏延此时不以为然
用不着这么多周折
赐末将一支将令
霎间斩将夺关
众将齐声　正合我意
诸葛亮劝众将军
少安毋躁
一支将令往下传
命马岱先迎战姜维
待战到夕阳落山
假败诱姜维
催马来追
莫让他转回天水关

然后命关兴　张苞
日落西山去接战
大战姜维于阵前
三人扣定连环战
战到三更便停住
让姜维转回天水关

人马埋伏凤鸣山
诸葛亮命魏延

领五百名弓箭手
铁骑藤牌兵三千
初更用饭
行兵到三更
假扮姜维关前站
口口声声吐反言
就说你是姜维降了汉
率领人马来夺关
这是姜维的狼牙箭
射伤城头将一员
等到姜维三更返
将人马埋伏到城外边

姜维若与你排开战
只许败　不许胜
诱战姜维向东南
高岗岩过去是平川
耳听战鼓响三点
摆下天罗地网
插翅也难展
收姜维就在凤鸣山

凤鸣山前起火光
四下俱是汉兵将
困姜维在正中央
姜维连胜数阵
还是败给诸葛亮
直叹诸葛亮
用兵比他强

姜维正在感叹

忽然前面一辆小车
从山坡转出
车上之人头戴纶巾
身披鹤氅　手摇羽扇
正是诸葛亮
诸葛亮道
伯约此时还不投降

姜维寻思良久
只得下马投降
诸葛亮慌忙下车迎接
握住姜维手说
我自出茅庐以来
遍求贤者
想传授平生所学
一直未得其人
今日遇到伯约
我愿足矣
姜维大喜拜谢

诸葛亮晓之以理
动之以情
本是英明将
理应弃曹保汉王
姜维回想起
老母曾经对他讲
西蜀武侯世无双
今日亲眼所见
诸葛亮智谋高远
宽宏大量操胜券

诸葛亮对姜维言
自出茅庐以来
求贤若渴
今遇伯约姜中郎
此乃助我天意
望将军弃贼归汉
将相一心谋大业
我先教你
天文地理和星相
再教你　五门八卦
兵书妙法并阴阳
还望你细思量

姜维恳请
先去破天水救老母
再把汉降
诸葛亮告知
早差那赵子龙
请来你老母和妻贤
姜维感叹
今日遇明主三生有幸

说时姜母到身边
高兴儿子投明弃暗
姜妻也上前鼓励一番
拜名师勤砥砺把大事干
诸葛亮发肺腑之言
望将军同心协力雄才展

夏侯楙与马遵
弃城逃窜

诸将问诸葛亮
何不去追夏侯楙
诸葛亮笑道
我放夏侯楙如放一鸭
今得伯约　得一凤也

这正是
孔明求才巧安排
凤鸣山下战连环
困姜维晓以利害
除后虑接来家眷
明德大义肺腑言
三生有幸遇明贤
感恩明君宽宏量
忠肝义胆助兴汉

第三节　骂死王朗

诸葛亮第一次北伐
连得三城　威声传遍
远近州郡都望风归降
诸葛亮趁势整顿军马
尽提汉中之兵
前出祁山
兵临渭水之西

魏主曹叡闻知大惊
采纳司徒王朗奏表
启用曹真为大都督
以退蜀兵

曹真领大军来到长安
过渭河之西下寨
与王朗　郭淮
共议退兵之策

王朗说道
诸葛亮连占我几座城池
士气正旺
明日决战
正好挫败蜀军锐气
都督可严整队伍
大展旌旗
以壮军威
明日在两军阵前
老夫自出
只需一席话语
管叫诸葛亮拱手而降
蜀兵不战自退

郭淮笑到
诸葛亮何等样人
靠阵前数语
岂能退敌
王朗说　郭将军不信
明日可到阵前观战
到时便可见分晓

翌日　两军相迎
列阵势于祁山之前
三军鼓角已罢

司徒王朗乘马而出
上首乃都督曹真
下首乃副都督郭淮
两个先锋压住阵脚
探子马出军前
大叫曰
请对阵主将答话

只见蜀兵门旗开处
关兴张苞分左右而出
立马于两边
中央一辆四轮车
诸葛亮端坐车中
素衣皂绦　纶巾羽扇
飘然而出
诸葛亮举目
见魏阵前三个麾盖
旗上大书姓名
中央白髯老者
乃军师司徒王朗

王朗纵马而出　道
来者可是诸葛孔明
诸葛亮说　正是
诸葛亮于车上拱手
王朗在马上欠身答礼

王朗曰
久闻公之大名
今日有幸相会
公既知天命　识时务

何故兴无名之兵
诸葛亮曰
吾奉诏讨贼　何谓无名
朗曰　天数有变
神器更易而归
有德之人
此自然之理也
诸葛亮曰
曹贼篡汉　霸占中原
何称有德之人

王朗说
自桓帝灵帝以来
社稷有累卵之危
生灵有倒悬之急
我太祖武皇帝
扫清六合　席卷八荒
万姓倾心　四方仰德
非以权势取之
实天命所归也
公既识时务知天命
自比管仲　乐毅
为何行此逆天之事
难道没听过古人言
顺天者昌　逆天者亡
今我大魏带甲百万
良将千员
铁蹄可平祁山
刀剑可穿苍穹
足下如果真有识见
何不倒戈卸甲以礼来降

诸葛亮在车上大笑
我原以为你是汉朝老臣
来到阵前
必有阔论高谈
岂知　竟出此鄙言
吾有一言　请诸军静听
昔日桓帝灵帝之时
汉统陵替　宦官酿祸
国乱岁凶　四方扰攘
黄巾之后
董卓等乱臣接踵而起
迁劫汉帝　残暴生灵
庙堂之上　朽木为官
以致社稷丘墟　苍生涂炭
你受大汉国恩
世代所居东海之滨
入仕途　举孝廉
理当匡君辅国
安汉兴刘
何期反助逆贼
同谋篡位　罪恶深重
天地不容
无耻老贼
岂不知天下之人
皆愿生啖你肉
安敢在此饶舌
今幸天意不绝炎汉
昭烈皇帝于西川
继承大统
我今奉嗣君之旨

兴师讨贼
你既为谄谀之臣
只可潜身缩首　苟图衣食
安敢在我军前妄称天数
诸葛亮扇指王朗大声呵斥
你这苍髯老贼
即将命归九泉之下
届时有何面目
去见我汉朝二十四先帝
你这个二臣贼子
枉活七十有六
一生未立寸功
只会摇唇鼓舌助曹为虐
一条断脊之犬
还敢在我军阵前猖猖狂吠
如此厚颜无耻之人
我从未见过

王朗听罢
手指着诸葛亮
竟然理屈词穷　气塞胸膛
突然坠马一命呜呼
曹真拔出宝剑
歇斯底里地叫喊道
快快把王司徒
给我抢回来
然后速速退兵

后人有诗赞曰
兵马出西秦
雄才敌万人

轻摇三寸舌
骂死老奸臣

第四节　痛斩马谡

诸葛亮第一次北伐
夷陵战打完不过几年
刘备去世后
元气大伤的蜀国
进入休养生息阶段
一直没再和曹丕动手

表面上看
曹魏对东吴和蜀国边界
均是严加防备
但仔细查看会发现
对蜀国防守兵力已大减
对相对较弱的蜀国
思想上有一些忽视
麻痹松懈
缺乏战略防备

曹魏主力此时
基本在东线
和东吴大军相持
重点防范孙权
在关中和陇右的兵力
相对不足
曹魏未曾料想到
蜀汉竟然会

突然发动北伐
像是如梦方醒

而诸葛亮此时
正是找准时机
集结了大半兵力
攻打比较松懈的魏军
力求速战　出奇制胜
诸葛亮大军出动之后
曹魏所属的三郡
南安（今甘肃陇西县东北）
天水（今甘肃甘谷县南）
安定（今甘肃镇原县南）
很快降蜀反叛
蜀军一路高歌猛进
一时响震关中

蜀军突然攻向关中
令魏军始料未及
由于关中一时兵力薄弱
魏明帝派遣
大将张郃　曹真
率大军前往陇右支援
甚至魏明帝曹叡
都做好了御驾亲征
与诸葛亮亲自较量的打算

诸葛亮此次北伐
并未想直接偷袭长安
一场胜战
需要战前慎重庙算

若非得到陇右和扶风
再取得凉州
若无这些地盘
就算是能够偷袭长安
最后也会被困死在魏国

诸葛亮首先要拿下
陇右和扶风两个地方
这两地人口较多
可为以后补充兵员
然后拿下凉州和雍州
将此两地和蜀国的益州相连
进一步扩大蜀国版图
如果速度够快
还能占领长安
以及整个关中和咸阳

诸葛亮用计声东击西
传出消息
要攻打郿城
命赵云邓芝为疑军
率先占据箕谷
魏军得到情报
果然派主要兵力
把守在郿城
诸葛亮趁魏军不防
亲率大军十万
从西路突然扑向
魏军据守的祁山

魏国朝廷上下

文武官员
听到蜀汉大举进攻
惊慌失措　面露不安
魏文帝曹丕已病逝
魏明帝曹叡刚即位
还算镇定自若
派大将张郃领兵五万
赶去祁山迎敌
欲亲自到长安去督战

街亭　又名街泉亭
山高谷深　地势峻险
为中国古代历史上
重要军事关隘
兵家必争之地
于街亭　进可攻关中
退可守陇右
是通往西凉等地
唯一的一条大路
连接陇右和关中
两地的重要通道
被称作汉中咽喉之地

街亭地处山僻之处
其地势十分复杂
可以藏匿兵众数万
具有重要的战略地位
蜀军占据街亭
就能彻底将西凉等地
和魏国的联系切断
免除被魏军包剿的风险

北伐也就成功了大半

对蜀国而言
刚攻占三郡
兵力不可避免地分散
与魏军相比
正面兵力相差较远
诸葛亮很清楚
司马懿一定会派兵
去强占街亭
诸葛亮决定派一支人马
占领街亭作为据点
亦可作为粮道
或以防万一的
退兵之后路

街亭如此重要
让谁来领军据守呢
诸葛亮曾问道
谁敢引兵去镇守街亭
言未毕
参军马谡第一个说
属下愿守街亭
诸葛亮考虑再三
当时身边有几个
身经百战的老将
他都没有用
决定让马谡去守街亭

马谡字幼常
哥哥是刘备重臣马良

后世评为赵括式的人物
马谡确是熟读兵书
平时喜欢谈论军事
素有才名　头脑机灵
能言善辩
远在其兄之上
尤其博学多才
常能观察细微之事
头头是道　分析精湛
也出过一些好主意
颇得诸葛亮赏识
但刘备却不喜欢马谡

说他话虽讲得漂亮
总嫌不实在
刘备临终前叮嘱诸葛亮
马谡言过其实　不可大用
应多方面详细观察
再行使用才是

诸葛亮这一回
派马谡当先锋
王平做副将
镇守战略要地街亭
临行前
诸葛亮对马谡
嘱咐再三
街亭虽小　关系重大
是通往汉中的咽喉要道
若失街亭　我军必败
并具体指示马谡

靠山近水安营扎寨
谨慎小心　不得有误

马谡带兵到达街亭
丞相叮咛全抛脑后
暗想部署兵力我自然明白
这次正好身手大显
张郃的魏军
从东面开过来
马谡看了地形
对王平说
这一带地形险要
街亭有山在旁边
正好扎营在山上
据险歼敌有利决战

副将王平极力劝
丞相临走时嘱咐再三
请主将遵令履法勿蛮干
依山傍水巧布兵
在山上扎营太冒险
一无水源　二无粮道
若魏军围困街亭
断绝粮道　切断水源
不战自溃　蜀军危险

马谡没有打仗经验
自以为熟读兵书
不但不听王平劝
反而是自信满满
世人皆晓我熟读兵法

丞相有时向我请教
你王平生长在戎旅
手不能书　知何兵法
接着又洋洋自得地说
居高临下　势如破竹
置之死地而后生
这是兵家常识
我将大军布于山上
使之绝无反顾
这正是致胜之秘诀

王平再次阻谏
如此布兵太危险
马谡见王平不服
便火冒三丈说
丞相委任我为主将
大军指挥我负全权
如若兵败
革职斩首我甘愿
绝不怨怒于你
王平再次义正词严
我对主将负责　对丞相负责
对后主负责　对蜀国百姓负责
最后恳请你
遵循丞相指令办
依山傍水布兵
马谡固执己见
坚持要在山上扎营
王平一再劝马谡没有用
只好央求马谡
拨给他一千人马

驻扎在山下临近的地方

魏明帝曹叡得知
蜀将马谡占领街亭
立即派张郃领兵抗击
张郃乃曹魏名将　骁勇善战
曾多次与蜀军交锋
有丰富的作战经验
张郃率军赶到街亭
看到马谡放弃
现成的城池不守
却把人马驻扎在山上
暗暗高兴
马上吩咐手下将士
在山下筑好营垒
挥兵将水源粮道都切断
将马谡部队围困于山上
然后纵火烧山

蜀军饥渴难忍
军心涣散　不战自乱
马谡几次命令兵士
冲下山去
由于张郃坚守住营垒
蜀军没法攻破
反而被魏军射乱箭
死伤一片
张郃看准时机发起总攻
蜀军兵士纷纷逃散
马谡只好自己杀出重围
往西逃窜

王平带领一千人马
稳守营盘
他得知马谡失败
就叫兵士拼命打鼓
装出进攻的样子
张郃怀疑蜀军有埋伏
不敢逼近
王平趁机整理好队伍
不慌不忙地向后撤退
不但一千人马
一个也没损失
还收容了不少
马谡手下的散兵

蜀军大败
马谡失守街亭
战局骤变
蜀军失去了重要的据点
又损失了大量人马
错失进攻的最好时机
诸葛亮为了避免
遭受更大损失
把人马全部撤退到汉中

诸葛亮回到汉中
经过详细查问
知道街亭失守
是马谡违反了作战部署
诸葛亮按照军法
把马谡下狱
定了死罪

马谡知道免不了一死
监狱里上书诸葛亮
丞相待我亲如子
我待丞相敬如父
这次我违背节度
招致兵败　军令难容
丞相将我斩首
以诫后人　罪有应得
恳望丞相　我死以后
丞相能够像舜杀了鲧
还用禹一样
对待我的儿子
照顾好我一家妻儿老小
死了也没牵挂

诸葛亮看罢
老泪纵横　无比伤感
斩掉爱将　心如刀绞
诸葛亮强忍着悲痛
让马谡放心去
自己将收其儿为义子
全军将士无不为之震惊

诸葛亮拭干眼泪
又宣布一道命令
对力主良谋
临危不惧　英勇善战
化险为夷的副将王平
加以褒奖
王平在街亭
曾经劝阻过马谡
在退兵的时候

又用计保全了人马
立了功　应该受奖励
把王平提拔为参军
统率五部兵马

诸葛亮一向喜爱马谡
挥泪斩马谡之后
写下《论斩马谡》
《街亭自贬疏》等文
深刻指出
所以能制胜于天下者
用法明也
诸葛亮内心的触动之深
可见一斑

诸葛亮对将士们说
这次出兵失败
固然是因为
马谡违反军令
可我用人不当也该负责
上了一份奏章给刘禅
请求自贬三等
以督厥咎
刘禅下诏把诸葛亮
降级为右将军
仍旧办丞相的事

诸葛亮赏罚分明
以身作则
蜀军将士都感动万分
大家都把这次失败
当作血的教训

士气更加旺盛
这年冬天
诸葛亮又带兵
杀出散关　包围了陈仓
第二年春
出兵收复武都阴平两郡
后主刘禅认为
诸葛亮立功应受奖
下了一道诏书
恢复诸葛亮的丞相职位

有道是
忘却刘备千叮咛
错用马谡失街亭
孔明自省降三品
战局骤变回汉中

第九章　火烧上方

第一节　设空城计

瑶琴三尺胜雄师
诸葛西城退敌时
十五万人回马处
土人指点到今疑

由于马谡拒谏
违令犯忌酿大患
失守战略重地街亭
战局瞬间骤变
攻防颠倒一瞬间
蜀国即将面对
生死存亡的关键点
魏蜀两军力量太悬殊
西城外已起硝烟
诸葛亮顿足长叹
大势去矣

街亭失守了
关中到陇西的
交通要道及关键据点
被魏军夺占

满载希望开始的北伐
遭遇了惨烈失败
形势急转直下
诸葛亮痛心疾首
自责用人不当之过
于是紧急把密令传
教大军速速收拾行装
暗暗起程　退回汉中
又派心腹之人
分路去通知
天水　南安　安定三郡的
官军和百姓
全都撤入汉中地区

诸葛亮分拨完
忽然有兵士飞马来报
司马懿引大军十五万
向西城蜂拥而来
消息吓坏众官员
此时诸葛亮身边
没有别的大将
只是一班柔弱文官
之前所带五千军士
已派出一半先去运粮
城中只剩二千五百人
其中不乏老弱病残

诸葛亮登城望远
果然是尘土冲天
魏兵分两路杀奔西城
人声嘈杂

大军踏处尘土飞扬
仿佛永远也望不到边
现在的西城
已是脆弱不堪

诸葛亮手摇羽扇
镇定自若
不慌不忙登上城楼
向外望去
片刻之后转过身来
面向众人道
大家不要着急慌乱
我略用计策
便可教司马懿退兵

于是诸葛亮传令
把所有旌旗都藏起来
士兵原地不动
如果有私自外出
以及大声喧哗者
立即斩首
又叫士兵把四个城门打开
每道门用二十个军士
扮作百姓的样子
洒水扫街

诸葛亮身披鹤氅
头戴纶巾
领着两个小书童
带上一把瑶琴
到城上望敌楼前

凭栏坐下
命书童燃香
然后慢慢弹起琴来
司马懿的先头军到达城下
见了这种气势
都不敢轻易入城
便急忙返回报告司马懿
司马懿听后笑着说
这怎么可能呢

于是便令三军停下
自己飞马前去观看
果然看见
诸葛亮端坐在城楼上
笑容可掬　正在弹琴
左面一个书童
手捧宝剑
右面也有一个书童
手里拿着拂尘
城里城外
二十多个百姓在低头洒扫
旁若无人

司马懿看后
大惑不解
思考一番
前军变后军向北山退去
司马懿二子司马昭道
父亲为何这样退兵
司马懿道
诸葛亮一生谨慎

不曾弄险
现在城门大开
里面必有埋伏
我军若攻进城
一定会中他的算计

诸葛亮见魏军走远
大笑起来
众官兵无不惊骇
问诸葛亮道
司马懿可是魏国名将
今日率精兵十五万
一见丞相掉头便走
这是为什么呢
诸葛亮道
他料我平生谨慎
从不冒险行事
今日这般大模大样
一定是城中藏有伏兵
所以就退兵了

诸葛亮说
我们这里只有
二千五百军士
要是弃城而走
必不能走远
还是被司马懿抓住
说完拍手大笑道
我要是司马懿
就不退兵
不过司马懿还会再来

然后诸葛亮下令
叫西城百姓
随军一同迁往汉中
速速离开

蜀国众人欢欣鼓舞
认为诸葛亮是世间
难得的天才
竟能想出这等精彩谋略

这正是
千里孤城空鸟飞
丞相智慧计天机
瑶琴三尺胜雄师
诸葛西城退敌时

第二节　木牛流马

剑关险峻驱流马
斜谷崎岖驾木牛
后世若能行此法
输将安得使人愁

史书记载
诸葛亮长于巧思
损益连弩　木牛流马
皆出其意
可见诸葛亮不仅是
政治家　军事家
还是一个懂得

工艺技术的发明家

长史杨仪报告
粮米存于剑阁搬运不便
诸葛亮笑道
我已运筹谋划很久
以前积存的木料
加上西川收买的大木
拿去制造木牛流马
这些"牛马"不用饮水
昼夜运输　非常轻便

几日后
木牛流马已造好
竟像活的一样
上山下岭　十分方便
众军见了　无不喜欢
诸葛亮命右将军高翔
带一千兵
驾着木牛流马
从剑阁直达祁山大寨
往来搬运粮草

忽然哨马来报
蜀军用木牛流马转运粮草
人不大劳　牛马不食
司马懿大惊
我坚守不出战
是因为蜀军粮草接济不上
等他们自入绝境
如今使用这种办法

定是长久作战之计
急忙叫来张虎等将
命其到斜谷小路边埋伏
等蜀军赶木牛流马过来
就从他后面杀出
抢他三五匹回来

夜间　蜀军的运粮队
突然遭到魏军袭击
蜀军措手不及
丢下几匹木牛流马
张虎等驱回营寨
司马懿一看
果然和真的一样
难道我就不会用吗

司马懿下令
找来能工巧匠
当着他的面
把木牛流马拆开仿造
不到半个月
魏军竟造出两千多只
模样相同　奔走自如
司马懿命镇远将军岑威
带一千军士驾木牛流马
去陇西搬运粮草

高翔回来见诸葛亮
说魏军抢去几只木牛流马
诸葛亮笑道　正中我计
失掉几匹木牛流马

必能让其加倍偿还
司马懿得到木牛流马
一定让人照搬比造
到那时我自有妙计
几日后　接到报传
魏兵也造出木牛流马
在陇西运粮来往频繁

诸葛亮听后大喜
不出我所料
便叫来王平派令
你带一千士兵扮成魏人
夜里偷偷越过北原
只对人说是巡粮军
混入敌人的运粮军中
把其杀散
赶回木牛流马

若魏兵赶到
将牛马舌头转过来
牛马动弹不得无法拽牵
我们再有兵到
重新转回舌头
长驱大行回赶
魏兵必会疑心不敢再追
王平受计而去

诸葛亮又吩咐张嶷
带上五百军
扮成六丁六甲的神兵
鬼头兽身　五彩涂面

做出各种怪异之状
一手举绣旗　一手拿宝剑
身上挂葫芦
里面藏烟火之物
埋伏在山边
只等木牛流马到前
放烟火一起拥出
赶牛马而行
魏人一定以为活见鬼
不敢再追赶

魏将岑威带军
驱木牛流马载运粮草
忽报前面有巡粮兵
令人前去哨探
见是魏兵　便放心
两军合成一路继续前行
突然间喊声大震
蜀兵在队里杀起来
大呼道　蜀中大将
王平在此
魏兵措手不及逃离溃散
王平引军
驱木牛流马往回返

魏将郭淮听说军粮被劫
急忙带兵来救援
王平叫蜀兵扭转
木牛流马舌头
全部丢弃在道边
郭淮叫魏兵且不去追

先把木牛流马往回赶
却驱动不得
正在无可奈何之际
忽然鼓角震天
两路兵杀过来
正是魏延和姜维
王平又带兵杀回
三路夹攻
郭淮大败而走
蜀军转回木牛流马舌头
急忙驱赶而回

郭淮远远望见
刚想回兵再追
却见山后烟云突出
一队神兵拥出
个个手执旗剑行态怪异
拥护木牛流马如风而去
郭淮见状大惊道
这必是神助啊
魏兵无不惊畏
不敢再追

木牛流马真神奇
宛然如活不一般
上山下岭尽其便
众军见之喜开颜

第三节　烧上方谷

兵马未动粮草先行
诸葛亮两次北伐
都因粮尽而返
欲在祁山久驻
须解决大军粮草供应
诸葛亮命蜀军士兵
与当地魏民一起种粮
军一分　民两分
并且互不侵犯
魏民都乐于种粮
乐业居安

司马懿儿子司马师说
蜀军劫我们粮米
现在又令军士
和魏民一起
在渭水边上屯田
看来是长驻的打算

如此下去
定是国家大患
父亲为何不跟诸葛亮
约个时间　大战一场
以决出胜负
司马懿道
我奉旨坚守
不能妄动

正议论间
忽报蜀将魏延
前来骂阵
司马懿任凭被骂
就是不出战
魏延骂了半天
最后无奈　只得回寨
见司马懿不肯出兵
诸葛亮密令马岱
造木栅
营中挖深沟
里面放了许多干柴
和引火之物
又在周围山上
用柴草搭建
许多窝铺
里外都用地雷埋下

置备停当
诸葛亮密嘱马岱
将葫芦谷后路切断
谷中暗伏兵马
若司马懿赶到
让他进谷
把地雷和干柴一起
放起火来
马岱领令

诸葛亮又令一班军士
白天在谷中间

举着七星旗
夜晚则设七星灯
在山上作为暗号
接着唤魏延道
你带五百军士
到魏寨讨战
务必要让司马懿出战
但不必取胜　只可诈败
司马懿定会来追赶
你往七星旗处走
若是夜间
就往亮七星灯的地方去
引司马懿进葫芦谷
到时自有擒他之计
魏延受计　带兵而去

诸葛亮吩咐高翔
将木牛流马分二三十
或四五十为一群
装上米粮
在山路上往来行走
如果被魏军抢了去
那就是你的功劳
高翔领计而去

驻扎在祁山的队伍
诸葛亮都分派完
只留下屯田兵
吩咐他们
如果其他兵来战
只许假装打败

要是司马懿亲自来
你们才可以
合力去攻打渭南
截断他的归路
诸葛亮分拨已定
自己带上一军
靠近上方谷安下营寨

魏将夏侯惠　夏侯和
二人进寨
报告司马懿说
蜀军四散结营
各处屯田
以作久驻之计
要不趁早除掉他们
安居时间长了
根深蒂固
再想动摇就更难
司马懿道
这又是诸葛亮之计

夏侯二人道
都督要是疑虑这般
何时才能消灭敌寇
我兄弟二人
要奋力去决一死战
以报效朝廷
司马懿说　既然这样
你二人可分头出战
各带五千兵去剿寇
自己则坐观回音

夏侯惠　夏侯和
兵分两路
正行之间　撞见蜀军
赶木牛流马而来
二人一起杀向前
蜀军很快败逃
木牛流马全被魏兵抢获
第二天　魏军又抓到
蜀兵人马一百多个
全部押往大寨
司马懿向蜀兵审验
诸葛亮虚实长短
便全都放还

诸葛亮令高翔
假装运粮
驱驾木牛流马
在上方谷内往来频繁
夏侯惠　夏侯和等
不时地去截杀
半月之间
魏军胜仗连连
司马懿心中欢喜异常
一日　又抓到几十个蜀兵
司马懿问诸葛亮在哪
蜀兵答道
丞相不在祁山大寨
安营在上方谷西边
令每日运粮屯往谷中

司马懿叫来众将下令
明日合力攻祁山大寨
他将亲率兵去接应
众将领令
司马师道
父亲为何要攻敌后方
司马懿道
祁山是蜀人根据地
若见我军攻打
肯定返回救援
我便去取上方
烧掉蜀军的粮草
让其首尾不能应
必然大败
司马师拜服

司马懿发兵起程
令张虎等后面救应
诸葛亮在山上望见
魏军队伍前顾后盼
料他是来取祁山大寨
便密传众将
若是司马懿亲自来
你们就去攻魏寨
夺了渭南

魏兵直奔祁山大寨
蜀军突然奔出　四面呐喊
虚作救应之势

见蜀军都去救祁山寨
司马懿便带两个儿子
和中军护卫人马
杀奔上方谷来
魏延在谷口
只盼司马懿来

忽见一队魏兵杀到
魏延纵马上前一看
正是司马懿
大喝一声
司马懿休走　舞刀相迎
司马懿挺枪来战
不上三个回合
魏延拨马便走
司马懿随后跟来
魏延望七星旗处而奔

司马懿瞅见
只有魏延一将
军马也很少
便放心追击
司马昭　司马师
相随左右两边
一齐攻杀
魏延带五百军
奔进上方谷
司马懿追到谷口
先令人进去哨探
回报说

谷中并没有伏兵
山上全是草房

司马懿道
定是囤积粮草的地方
于是大驱兵马
全部进入谷中
司马懿这时忽见
草房上尽是干柴
前面魏延也早已不见
心中不由起疑团
倘若有兵将谷口截断
那可怎么办

话音未落
只听喊声震天
又见火把从山上一齐抛下
谷口被烧断
魏兵无路可逃
山上又射下火箭
地雷接连爆炸
草房里干柴燃起火焰
一时间火势冲天
司马懿惊得手足无措
跳下马　跌跌撞撞
抱住两个儿子大哭
我父子三人
都要在这里玩完了

正哭着　忽然

狂风大作黑漫天
大雨倾盆霹雳闪
满谷大火被浇灭
地雷不震火器瘫痪
司马懿转悲为喜
突然反应过来
不趁此杀出更待何时
立即引兵奋力杀出
张虎等带兵前来接应
同回渭南大寨

不想寨栅已被蜀军占
郭淮等正在浮桥上
与蜀军接战
司马懿带兵杀到
将浮桥烧断　占据北岸
攻打蜀寨的魏兵
听说司马懿大败
丢了营寨速退兵
军心大乱
蜀军四面冲杀而来
魏军十伤八九
死者无数
残余的都奔过渭水逃生

诸葛亮在山上看见
魏延引司马懿入谷
一霎间火光大起
心中甚喜并期盼着
以为司马懿这次必死

眼看司马懿父子
就要葬身在火海
没想到顷刻间
大雨从天而降
大火被扑灭于瞬间
司马父子趁机死里逃生
诸葛亮感叹道
谋事在人　成事在天
不可强也

第十章　台原秋风

第一节　进军台原

五丈原
其名由来有三
一说此原前阔后狭
最狭处仅五丈
二说当年秦二世
西巡至此
原头曾刮起
五丈尘柱大风
三说原高五十余丈
原称五十丈原
口口相传
简化成了五丈原

五丈原
在今陕西岐山县南端
位于棋盘山北麓
南连秦岭浅山
由南向北长长地延伸到
渭水之畔的小高原
北临渭水
东　西　北三面

均为悬崖陡坡
海拔约 750 米
沿山宽 500 米
北部宽 1000 米
南北长 2500 米
原面呈琵琶形
向北倾斜
东濒石头河
西临麦李河
三面环水
原高势险

五丈原所在秦岭北
为丘陵沟壑区
低矮地　土层厚
沃土肥田
适宜种植粮食
诸葛亮选择这个地方
显然是考虑到
蜀军北伐的粮秣供应
为了长期作战
可见这个时候
诸葛亮对自己的健康
仍有相当的把握

蜀魏数次对峙
致使曹魏做出
战略重点大转变
专门针对蜀军的
防卫能力大大加强
蜀军取道子午谷

进攻长安
虽路径最快
但路途难行
运输更加困难
诸葛亮选择了
由褒斜道　出斜谷
攻击关中眉县
这里是西南军事重镇
效果虽然直接
但很容易反弹
为分散曹魏的力量
诸葛亮特派使节到东吴
约孙权一起出兵
得到孙权的首肯

建兴十二年二月间
寒风料峭
诸葛亮以魏延为前锋
出斜谷直接攻击眉县
自己率领主力约十万
随后到达五丈原
扎下营盘

曹叡再度命司马懿
率领兵马二十万
沿渭水南岸布阵
背水建构防御工事
抵挡蜀军攻击
准备打长期战

司马懿最怕的是

诸葛亮发动决战
谋士们曾建议
将大军部署于渭水北岸
司马懿认为这样
会引诱蜀军
越过眉县以东
为了保护长安
便不得不进行决战

虽然曹魏军团人数
占绝对优势
但张郃去世后
缺乏和魏延
抗衡的指挥官
大会战不见得有利
他下令移师渭水南岸
建立防御营寨
全力阻挡诸葛亮
向东或向北的攻击

蜀魏双方第一次对阵
相当谨慎
五丈原外弛内张
战局胶着
二月底　诸葛亮下令
自己率主力部队
在五丈原散开布阵
沿着太白山下的丘陵
进行屯田备粮
以长期自给自足

诸葛亮屯田成功
治军严明
屯田士兵和当地百姓
相处颇为融洽
加上原本的储备
粮秣供应充足
守在营寨后面的司马懿
想不出方法对付
只好索要更多支援
继续坚守下去

进入五丈原以来
将近一百多天
诸葛亮不断下战书
司马懿总是
高挂免战牌
诸葛亮派使节
去见司马懿
探询接受巾帼衣饰
有啥感想
这时候的司马懿
已经完全冷静下来
越来越清晰地判断
诸葛亮的健康
一定出了问题
对待前来讥讽的蜀汉特使
坦然接见
避开尴尬的军事不谈
和特使们聊家常
闲谈悠然

司马懿问
诸葛丞相最近可好
他实在是个
了不起的人
闲聊的气氛相当融洽
使节们不知不觉中
透露出一些
诸葛亮的健康情况
是啊
诸葛丞相辛苦异常
事无巨细
他都亲自过问
而且胃口愈来愈差
有时候一连好几天
都吃不下饭

使者回去以后
司马懿立刻召集会议
慎重地表示
对峙的时间不会太长
诸葛孔明食少事繁
不可能再撑太久
下令各部将
坚守自己的阵营
绝不可出战
等诸葛亮不得不退军
再加以追击

第二节　写诫子书

建兴十二年
一生戎马倥偬的诸葛亮
重病在五丈原
深知自己时日不长
在临终前
用他颤抖的手
给儿子诸葛瞻
写下了一封家书
名曰诫子书

诸葛亮在诫子书中
语重心长地嘱咐道
夫君子之行
静以修身
俭以养德
非淡泊无以明志
非宁静无以致远
夫学须静也
才须学也
非学无以广才
非志无以成学
淫慢则不能励精
险躁则不能冶性
年与时驰
意与日去
遂成枯落
多不接世

悲守穷庐
将复何及

诫子书全文
只有86个字
但句句诤言
全文智慧理性
文字简练谨严
将普天下为人父者
的爱子之情
表达得厚重深切
可以看出
诸葛亮是一位
品格高洁
才学渊博的父亲
对儿子的殷殷教诲
与无限期望
尽在此书中

诸葛亮一生为蜀汉
鞠躬尽瘁
死而后已
日夜操劳勤勉
无暇亲自教育儿子
写下这篇书信
告诫儿子诸葛瞻
修身养性
治学做人的深刻道理
亦成为后世学子
修身立志的名篇

中国历代重视家训
它是家长垂诫子孙
用以规范家人行为
的言行准则
浓缩了作者毕生的
人生体验
和学术思想等
子孙从中获益颇多
后人也多借鉴

蜀汉丞相诸葛亮
被后人誉为智慧的化身
诸葛亮所写诫子书
是一篇智慧家训
是古代家训中的名作
读来发人深省

诫子书的主旨是
立于清廉
致于高远
勤学立志
修身养性
要从淡泊宁静中
下功夫
最忌怠惰险躁
文章概括了
做人治学的经验
着重围绕一个静字
同时把失败归结为
一个躁字
对比鲜明

诸葛亮诫子书
开篇就要求后代
要做一个君子
诸葛亮特别强调
要成为君子
静心才能修身
无论是儒家的心定
佛家的禅定
道家的身定
都是同样的看法

《大学》中说
知止而后有定
定而后能静
静而后能安
安而后能虑
虑而后能得
《道德经》说
重为轻根
静为躁君
轻则失根
躁则失君

内修在于静
外炼在于俭
心静了之后
通过行为上的俭
来立德
若心中充满杂念
易被外物诱惑

就可能误入歧途
甚至腐化堕落
物来则应
物去不留
抱着这样的心态
淡定看待名利得失
才能心静志专
成为道德上的君子

诸葛亮赞扬
静　能明志
静下心来　坚定志向
没有志向就无法
使学习有所成就
只有心中宁静
才能不为外界役使
把持好自己
明白使命担当
矢志不移
实现远大理想

古人说
无念则静
静则通神
每逢大事有静气
不被外界干扰
诸葛亮在年轻时
常以管仲乐毅自比
于隆中结庐躬耕自食
晴耕雨读
心中有日月

胸中有河山

诸葛亮谈笑间
从容不迫　指点江山
皆是由于宁静致远
诸葛亮告诫儿子
非淡泊无以明志
非宁静无以致远
只有心如明镜
才能看清方向
做成一番大事

诸葛亮指出
人要想有所成就
就必须学习
而才干来自学习
不学习就无法增长才干
学习是一种工作
也是一种责任
也是一种必备的素养
而学习必须静心专一
如果总是浅尝辄止
不肯静下心来
深入修习
那他终将一事无成

诸葛亮将功与败
归结于静与躁
放纵懒散
无法振奋精神
急躁冒险

不能陶冶性情
诸葛亮谆谆告诫儿子
年华似水
务必要珍惜时光
切莫等到老大空悲伤

清代学者胡达源说
简默沉静者
大用有余
轻薄浮躁者
小用不足
要敏于探索　勤于开卷
清正廉洁　担当奉献
宁静才能戒骄戒躁
淡泊才能含英咀华
开阔才能登高望远

随着人类物欲不断加大
各种诱惑随之而来
静　已成为一种奢望
静水流深　静能生慧
滚滚红尘之世
心静者才能胜出

毛泽东主席曾讲过
一个人能力有大小
但只要有这点精神
就是一个高尚的人
一个纯粹的人
一个有道德的人
一个脱离了低级趣味的人

一个有益于人民的人
诸葛亮的一生
就是最好的明鉴

第三节　智星陨落

明朝诗人李东阳
有诗曰
五丈原头动地鼓
魏人畏蜀如畏虎
将星堕空化为土
炼石心劳竟何补
侯归上天多旧伍
羽为前驱飞后拒
忠魂不逐降王车
长卫英孙朝烈祖

诸葛亮在五丈原
旧病复发
心中恍惚昏乱
这天夜里
他扶病出帐
仰头观看天文星盘
不禁十分惊慌
内心震颤

回到帐中
诸葛亮对姜维言
我命已危在旦夕
姜维问

丞相为何说这种话
诸葛亮道
我望见三台星中
客星格外明亮耀眼
主星却十分幽暗
天象这样
我命运便可知
姜维言
天象虽然如此
为何不用祈禳法
进行救延

诸葛亮说
我一向通晓祈禳
但不知天意如何
你可带四十九个甲士
每人各执皂旗
身穿皂衣
环绕在大帐外边
我在帐内祈禳北斗星
若七天之内主灯不灭
我就能增寿十二年
若主灯灭了
我命将不保
闲杂人等
不可放进来
一切需用
只叫小童搬运
姜维领命　自去准备

时值八月中秋

这天夜晚
天上银河灿灿
地上玉露零零
旌旗不动立于寒
刁斗无声夜漏干
姜维领四十九人
帐外守护
诸葛亮自己在帐中
摆设香花等祭物
地上分布着大灯七盏
周围环绕着
四十九盏小灯
本命灯是最中央一盏

诸葛亮拜祝侃侃
亮本生于乱世
宁愿终老于山野林泉
承蒙昭烈皇帝
三顾之恩
托孤之重
竭尽所能讨国贼
不希望我的将星
现在就坠落
阳寿终结

亮在此谨写下
这一幅尺素
上告苍穹
叩首伏拜
望天意慈悲
俯垂以鉴

听我肺腑之言
延长我的谋算
使得我能上报君恩
下救百姓
永续汉朝江山
吾不敢妄想
祈祷在此
实是出于情真意切

诸葛亮拜祝完
就在帐中俯伏
虔诚地等待天明
次日晨
诸葛亮依旧扶病
处理军事
却不断地吐血
白天计议军机
夜晚则步罡踏星

司马懿在营中坚守
晚上观察天象
忽然心中一震
对夏侯霸说道
我看到将星错位
诸葛亮肯定生了病
命不久矣
你带一千军兵
到五丈原打探
若蜀人攘乱　不应战
诸葛亮一定是患了重病
趁势攻打

夏侯霸带兵去了

诸葛亮在大帐中祈星
已经六天
见主灯明亮　心中欣慰
姜维进帐
见诸葛亮正披发执剑
踏罡步斗　压镇将星
忽听营寨外呐喊
刚要叫人出去寻问
魏延突然飞步闯进来
报告说　魏兵来了
他步急生风
将主灯扑灭
孔明一见
丢剑叹声道
死生有命
不可得而禳也

魏延惶恐万状
急忙伏地请罪
姜维忿怒拔剑
要杀魏延
诸葛亮阻止道
我命中该绝
非文长过错
姜维收了剑
诸葛亮吐了几口血
卧倒在床上
对魏延说道
司马懿料我有病

定派人来把虚实探
你可立即出去迎敌
魏延领命
出帐上马
带兵将夏侯霸
赶出大寨二十多里远

姜维进帐
径直走到床前问安
诸葛亮道
我本想竭忠尽力
恢复中原重兴汉
无奈天意如此
命悬旦夕
平生所学
已著书二十四篇
内容有关于
八务　七戒　六恐　五俱之法
察看所有将领
唯独你一人可以授传
请千万不要忽视轻慢
姜维哭拜着接受

诸葛亮又说
我有连弩之法
还没用过
方法是矢长八寸
一弓可以发出十支箭
都已画成图本
你可根据图法制造使用
姜维也拜受了

诸葛亮又说
蜀中各条道路
全都不必多忧
只阴平地区
千万要当心
这个地方尤其峻险
时间久了定会出麻烦

诸葛亮接着
又叫马岱进帐
附在他耳边
低声传了一道密令
最后嘱咐道
我死以后
你可按计行事
马岱领计出去了

少顷
诸葛亮把杨仪
叫到床前
给他一个锦囊
秘密地嘱咐道
我死后
魏延一定会反
待他反时
你与他对阵
再打开这个锦囊
那时自有人杀魏延
诸葛亮调度完毕
便昏了过去

直到晚上
诸葛亮才苏醒过来
连夜向后主表奏
后主闻奏大惊
急命尚书李福
当晚起程
到军中向诸葛亮问安
并询问后事
李福日夜兼程
赶到五丈原
入帐见诸葛亮
传后主之命

诸葛亮含泪说道
大业未成　倒在半途
虚废了国家大事
得罪于天下
我死以后
尔等要尽忠尽力辅佐后主
以前的制度不要改变
我所用过的人
也不可轻易废掉
用兵之法都已传授姜维
他自会继承我的遗志
为国出力
李福听完
泪别丞相
匆匆往回赶

诸葛亮强支病体

让人扶他坐上四轮车
出寨到各营巡视
立感秋风吹面
彻骨寒
长叹道
再不能临阵讨贼
悠悠苍天
此刻多么遥远
叹息很久

回到帐中
病势更加沉重
诸葛亮吩咐杨仪道
　马岱　王平　廖化
　张翼　张嶷等
都是宁死尽忠之士
久经沙场
完全可以委用
我死之后
凡事都要像过去那样
依法而行
要慢慢退兵
不要急　莫慌乱
你深通谋略
不必多嘱
姜维智勇双兼
我身后之事　他可决断
杨仪哭泣着受命

诸葛亮叫人取来
文房四宝

于病榻上手书遗表
以告后主
大意是
伏闻生死有常
难逃定数
死之将至　愿尽愚忠
臣亮赋性愚拙
遭时艰难
分符拥节　专掌钧衡
兴师北伐　未获成功
何期病入膏肓
命垂旦夕
不久终事陛下
饮恨无穷
伏愿陛下
清心寡欲
约己爱民
达孝道于先皇
布仁恩于宇下
提拔幽隐　以进良贤
屏斥奸邪　以厚风俗
臣家有桑八百株
田十五顷
子孙衣食
自有余饶
臣在外任
随身所需
悉仰于官
不别治生产
臣死之日
不使内有余帛

外有余财
以负陛下也

诸葛亮写完
又嘱咐杨仪道
我死之后　不要发丧
可做一个大龛箱
将我的尸体
坐着放在龛中
放七粒米在我口中含
脚下放明灯一盏
军中像平常那样安静
切不要举哀
则我的将星不会坠落

我军可令后寨先行
一个营一个营地
慢慢撤
若是司马懿来追赶
可以布成阵势
回旗返鼓与他对垒
等他来到时
把先前做好的
我的木雕像放在车上
推到两军阵前
令大小将士
分列左右两边
司马懿定会吓得
慌不择路　魂飞魄散
手足无措忙逃窜
杨仪领诺

这晚　空气似已凝固
诸葛亮让人扶出帐来
仰观北斗
远远地指着一颗星道
那便是我的将星
众人望去
只见那颗星
颜色昏暗　摇摇欲坠
诸葛亮用剑指星
口中念咒　咒语念完
急忙回帐便不省人事

众将慌乱之间
忽然尚书李福又回来了
见诸葛亮昏绝
已不能讲话
大哭起来　道
我误了国家大事
过了一会儿
诸葛亮又醒了过来
见李福站在床前
便道　我已知先生
复来之意
李福说
我奉天子之命
请问丞相
百年后可任大事的人
上次过于匆忙
忘了咨询　所以复来

诸葛亮道
我死之后
蒋公琰可任大事
李福道
公琰之后　谁可继承
诸葛亮道
费文伟可继承
李福又问
文伟之后　谁可继承
诸葛亮不答
众将到近前来看
诸葛亮已经仙逝
时建兴十二年
八月二十三日
蜀汉丞相诸葛亮
病逝于军中
终年 54 岁

这天夜里
月色无光
天愁地惨
诸葛亮奄然归天
姜维　杨仪
遵诸葛亮之命
不敢举哀
依诸葛亮遗嘱成殓
将其安置在龛中
令心腹将士
三百人守护
然后把密令传
各处营寨悄然无声

——按顺序撤出

却说司马懿
以为诸葛亮已死
探查到五丈原蜀营中
已空无一人
赶忙亲自引兵追赶
一直追到山脚下
见蜀军不远
更加奋力往前
忽然山后一声炮响
喊声震天
只见蜀军全部旗回鼓返
树影中飘出中军大旗
上面写着一行大字
汉丞相诸葛亮
司马懿不由得
大惊失色

再定睛看时
只见中军上将几十员
拥出一辆四轮车来
车上端坐着诸葛亮
羽扇纶巾　鹤氅皂绦
司马懿大惊道
诸葛亮还活着
我轻入重地
中了他计
急忙勒马往回跑
背后姜维大叫道
贼将休走

你中了我们丞相的计
魏兵各个魂飞魄散
弃甲丢盔各逃命
抛戈撤戟自践踏
死伤者无数

司马懿一直奔跑
五十多里
背后两员大将赶上
扯住马环叫道
都督勿惊
司马懿用手
摸摸脑袋问
我的头还在吗
二将道
蜀兵已经离远
司马懿喘息半晌
神色方定
睁开眼睛一看
原来是夏侯霸和夏侯惠
这才舒了口气
与二将寻小路赶回营寨

两日后
乡民奔走相告
蜀兵退入谷中之时
哀声震天
军中扬起白旗
诸葛丞相已经仙逝
只留姜维带一千兵断后
车上端坐的诸葛亮

实为木人
司马懿听说后感叹道
我能料诸葛亮生
却不能料诸葛亮死也
蜀中人有谚语
死诸葛惊走活仲达

司马懿确信诸葛亮已死
才又带兵追赶蜀军
到赤岸坡
见蜀军已远
引大军返回
一路上看到
诸葛亮安营扎寨之处
前后左右　整齐有法
司马懿叹道
真是天下奇才

却说姜维　杨仪
排成阵势
缓缓退入栈阁道口
然后军队更衣发丧
扬旗举哀
号啕声响一片
蜀军都哭得
跌跌撞撞
甚至有人哭昏过去

李福赶回成都
顿首泣奏丞相已亡
诉丞相遗言

后主闻之大哭不止
哀道　天丧我也
哭倒在龙床之上
侍官将他扶入后宫
吴太后听说了
也放声大哭不已
文官武将无不恸哀
心如刀割　肝肠寸断
百姓人人涕泣悲伤

诸葛亮死后
魏延果然造反
杨仪令先锋何平
引兵到南谷讨之
何平出马大骂
反贼魏延在哪儿
丞相新亡　骨肉未寒
你大逆不道
竟敢造反
扬鞭又指着魏延部下
你等军士
都是西川人
川中多有父母妻儿
兄弟亲朋
丞相在时　不曾薄待
现在不可帮助反贼
宜各回家乡
听候赏赐
众军听罢大喊一声
散去了大半

马岱所领三百人
丝毫未动
魏延大怒
挥刀纵马　直取何平
何平带军飞奔而去
魏延　马岱带兵
往南郑杀来
姜维挺枪立马
于门旗之下
高声大骂
反贼魏延
丞相当初曾识你
脑后有反骨
料你日后必反
每每想要杀你
却怜你英勇
姑且留用
不曾亏待于你
如今你却果然造反
不义之人
必遭天谴

这时杨仪在门旗影下
拆开诸葛亮
留给他的锦囊
见上面书写如此如此
杨仪大喜
轻骑到阵前
手指魏延道
你若是敢在马上
连叫三声　谁敢杀我

就算是真正大丈夫
我就把汉中城池给你献

魏延大笑道
这有何难
诸葛亮在时
我尚怕三分
如今他已经死了
看天下谁能与我为敌
别说连叫三声
就是连叫三万声
又能怎么样
当即便在马上大叫道
谁敢杀我
如是者三

魏延话音未落
脑后有一人
厉声应道
我敢杀你
话音未完　手起刀落
力斩魏延于马下
众人都惊骇不已
斩魏延者
乃是马岱
诸葛亮临终之际
授马岱以密计
只等魏延叫喊时
便出其不意将他斩

之后杨仪等人

扶诸葛亮灵柩回到成都
后主带文武官员
全部披麻挂孝
出城二十里迎接
后主放声大哭
上至公卿大夫
下至山野百姓
男女老幼
无不失声痛哭
哀声震地　哭声遍野
后主命扶柩入城
停在丞相府中
诸葛亮之子诸葛瞻
守孝居丧

杨仪入朝
呈上诸葛亮遗表
后主阅后大哭
降旨卜地安葬
费文伟奏道
丞相临终时有命
就葬于定军山
不用砖石墙垣
也不用一份祭物
后主从之

择当年十月吉日
后主亲自扶送灵柩
到定军山安葬
降旨封诸葛亮
谥号忠武侯

又令在沔阳建庙
供四时享祭

从坟冢的规模
和随葬物来看
作为一国宰相的葬仪
实在是太过朴素简单
诸葛亮在遗命中曰
因山为坟　冢足容棺
敛以时服　不须器物
的确是一位名相的
器量和风范啊

元代诗人张养浩
编曲诸葛武侯
曲词唱到
草庐当日楼桑
任虎战中原
龙卧南阳
八阵图成
三分国峙
万古鹰扬
出师表谋谟庙堂
梁甫吟感叹岩廊
成败难量
五丈秋风
落日苍茫

诸葛亮自屯兵五丈原
与司马懿对峙于
渭河南岸

两军相持百余天
后诸葛亮因积劳成疾
病逝于五丈原军中
五丈原因此
闻名于世
后人于唐初在五丈原
为诸葛亮建祠立庙
古庙历经
宋　元　明　清
九次大的修葺
布局严谨　古色古香

五丈原自然风景优美
风光无限
棋盘山　九龙山
独具特色
今日的古斜水
涌奔浪急
犹如当年千军万马
呼啸向前
还有著名的
豁落城　斜峪关
诸葛田　诸葛泉
三国的历史文化遗址
豁然展现在眼前
火烧葫芦峪
司马拜台
诸葛祭灯
等轶闻故事
就像发生在身边

后人赞孔明
英才过管乐
妙策胜孙吴
凛凛出师表
堂堂八阵图
拨乱扶危主
殷勤受托孤
如公存盛德
应叹古今无

第四节　阴平石碑

用兵如神诸葛亮
智高谋妙永流传
神机妙算无人比
武庙十哲铸经典

诸葛亮生前
对蜀汉防务之重
自有独特新奇的观点
当时的蜀汉诸将
皆认为蜀汉防务
重在剑阁
唯独诸葛亮认为
剑阁的确是蜀汉的
防务之重不假
然而重中之重
则在于阴平
并且在阴平一带
留下一块石碑

诸葛亮亲笔
在石碑上立言
二火初兴　有人越此
两土争衡　不久自死

自此碑竖立以来
多有蜀人揣测
丞相之意
希望能参悟一些天机
延续蜀汉基业
多年以来
猜测之人众多
而能参悟出道理的人
却一个都没有
久而久之被慢慢遗忘

许多年以后
刘禅甚至也怀疑
诸葛亮的谋略
其实也没那么神奇
现今离开了他
照样好端端
刘禅继而认为
驻防阴平没有必要
简直就是浪费军费
阴平之地无比凶险
就连鸟飞来都困难
又怎会有人爬攀而过
便撤回了诸葛亮派遣的
阴平驻兵一千余人

公元263年
蜀国改年号
炎兴元年
魏国举兵攻打蜀汉
司马昭三路大军伐蜀
蜀汉面临立国以来
最大的危机
面对魏军大将
邓艾和钟会大军压境
姜维不敢丝毫怠慢
利用地形的峻险
据守剑阁力敌

这一年年号恰为炎兴
时隔几十年
早没人记起
诸葛亮曾经在石碑上
刻下的文字第一句
二火初兴　有人越此
其实在这一刻
就已经开始了应验
二火正是一个炎字
初兴正是指炎兴元年
但凡有一人能想起
诸葛武侯的这句话
也许蜀汉不会亡得过早

此次征讨蜀国
钟会为魏军主将
统兵十余万
魏将邓艾率军三万

向甘松　沓中等地
牵制姜维
诸葛绪率三万多人
向武街　桥头等地
把姜维的退路截断
蜀汉军队占据天险
历来守易攻难
姜维坚守剑阁
钟会进攻剑阁不成
一时间突破很难

但就在这个时候
魏国将领邓艾
提出率部
偷渡阴平　直扑成都
调动姜维兵力从剑阁回援
从川外到阴平
几乎就没有道路
一路之上全是险峰陡崖
几乎是一条
不可能走通的天堑
钟会认为
这条路千难万险
邓艾很可能无功而返
但鉴于剑阁久攻不下
钟会同意了邓艾
偷渡阴平的冒险计划

冬十月
邓艾自阴平道
行无人之地七百余里

经过重重艰难险阻
虽然人员大部分伤亡
但仍有二千精兵
偷渡到了阴平
到达阴平的邓艾
看着地势如此凶险
十分感慨
如果此处屯兵一千
即便有千军万马
恐怕也难以通过啊

正当邓艾感慨之时
一座石碑
突然耀入眼帘
上面刻着
二火初兴　有人越此
两士争衡　不久自死
再一看落款
居然是诸葛亮亲笔

邓艾与司马懿
关系颇深
深知诸葛亮的厉害
看了诸葛亮
刻在石碑上的字
不禁心生畏惧
但此刻偷渡已完成
于是置之不理
继续进兵向前

如此　正好应验了

诸葛亮之言　有人越此
也印证了蜀汉防务之重
在剑阁更在阴平
只是蜀汉之人无人能知晓

邓艾奇袭得手
率军攻破绵竹
击杀诸葛瞻父子
一路开拔直到成都城下
一场恶战在所难免
邓艾料想不到
刘禅率众投降
邓艾喜出望外
一时风光无限

邓艾联想到自己
多年征战　为国建功
此番奇袭阴平功名显
大喜之下
居然行起帝王之事
分封了刘禅与蜀汉旧臣
人望瞬间提升

刘禅命姜维向钟会投降
姜维心如滴血
却另有打算
姜维行至广汉郪县
将自己符节送给胡烈
又从东道向钟会投降
打开剑阁
迎了钟会进城

钟会下令禁止抢掠
礼贤下士
安抚蜀地官吏
和姜维情好甚欢
朝廷下诏
以伐蜀之功劳
册封钟会为司徒
并封县侯　食邑万户
封其两个儿子为亭侯
封邑千户

钟会率军攻打蜀汉
却被邓艾奇谋得逞
夺了首功
一时间内心怒火膨胀
进城后与姜维把酒言欢
姜维假意投降
希望能策反钟会
重新复国
听到钟会内心之言
姜维立刻对钟会说道
邓艾居然分封蜀汉群臣
这不是谋逆是什么

钟会听后为之一振
随后报告给司马昭
又拦截邓艾
给司马昭的奏章
模仿邓艾笔迹把内容改篡
添加一些狂妄之言
司马昭大怒

正月初一
朝廷下令用囚车
押送邓艾回京
怕邓艾不服命令
命令钟会进军成都
监军卫瓘打前阵
拿着司马昭手书
押邓艾进囚车

钟会也不傻
知道司马昭也不信任他
姜维这个时候
又发挥三寸不烂之舌
说司马昭不信任
回去也是一个死
还不如索性造反
坐镇巴蜀之地
自己当皇帝

钟会忌惮的只有邓艾
邓艾被押后
钟会马上赶到成都
统率大军威震西土
自认为功名天下无比
不愿再屈居人下
加之猛将精兵
都控制在自己手中
于是举兵反叛
钟会打算派姜维
率蜀兵出斜谷占领长安
再派骑兵经陆路
步兵经水路夺取天下

钟会于正月十五到成都
十六日召请将士于朝堂
假借郭太后遗命
起兵废掉司马昭
钟会让众将士在木板上
写下同意作为凭证
而手下将士并不跟从
钟会把他们全部关押
钟会一个器重的部下
趁机编造谎言
要杀掉众牙门将及亲兵
一夜之间人心浮动
钟会犹豫不决
各路军士相继反叛

景元五年　公元264年
正月十八日
钟会与姜维死于兵变
钟会死后魏军无人约束
帐下数百将士被杀
姜维妻子儿女皆被杀
原蜀汉太子刘璿等
也被乱兵所杀
关羽后代被庞会灭门

卫瓘害怕邓艾记恨
以邓艾的功劳
回国之后定能封侯拜相
自己的小命就玩完
卫瓘一不做二不休
指使护军田续

杀掉邓艾父子了却后患
因邓艾被定谋反罪
其在洛阳的诸子也都被杀

邓艾与钟会二人
在建立大功之后
因为争功双双死去
再看邓艾与钟会的字
邓艾字士载
钟会字士季
这可不就应验了
诸葛亮留在石碑之言
两士争衡　不久自死
邓艾直到临死之前
才想到阴平石碑上
16个字的真正含义
只是为时已晚

阴平石碑之言
验证了诸葛亮的神算
诸葛丞相为蜀汉
终其一生　鞠躬尽瘁
神算的背后
难道不是蜀丞相
放心不下身后事
苦思冥想与深谋远虑
集聚而成的
守护蜀汉的
最后的
忠诚与奉献?!

尾 声

群峦巍峨
汉陵雄风
秋风萧瑟隆中
恍闻马蹄声
枫叶红
犹现火攻
蜀丞相　汉鼎谋圣
五丈原　再响金鼓
千古忆英容
永恒

扫平群雄
天下一统
硝烟跃虎腾龙
济民水火中
报先帝三顾之恩
承主托孤
无悔　尽瘁鞠躬

唱空城　七擒六出
挥羽扇　千军无阻
武祠照孤忠
不朽

苍天太不公
大地真绝情
出师未捷身先死
长使英雄泪满襟
空留下
八阵兵图和瑶琴
谁率将士再出征
千悲怆　唤他生
青史永垂
江山颂

明代方孝孺道
诸葛孔明之为相
敏然虚己
以求问己之示
秦汉以下为相者
皆不及

诸葛亮为官清廉
清心寡欲　以身作则
整肃官场风气
自比春秋楚相孙叔敖
北伐前给后主上疏
公布自己的财产
家无余财
妻无余服
桑树八百棵
薄田十五顷
是全部家产
对东汉以来厚葬风气
临终前又遗命薄葬

将自己安葬于前线的
定军山下
不必运回成都
举行国葬
以免浪费铺张

殡仪从简
因山为坟
能容下棺材即可
入殓时穿平常衣物
不必有随葬器物
一人之下
万人之上的当朝宰相
有此心胸
在人生的最后阶段
力行俭朴风气
实在难能可贵

诸葛亮倡导礼仪规范
开诚心　布公道
做事尽忠而有益社会
虽是仇人也必有奖赏
违犯法令而做事怠慢
虽是亲人也一定处罚

承认错误
努力改过向善
虽重罪　可以原谅
巧辩脱罪　变本加厉
虽轻罪　必加戮诛
善再小

必会受到奖赏
恶再小
必会遭到贬谪

清朝名君
康熙皇帝赞曰
诸葛亮云
鞠躬尽瘁
死而后已
为人臣者
唯诸葛亮能如此耳

诸葛亮去世后
蜀中人民感念丞相
各种祭祀不断
百姓巷祭
戎夷野祭
蜀中百姓
南中蛮夷
西方戎人
万民敬仰
香火不断

武侯墓区占地360亩
有明清遗留下来的
古建筑70余间
后主刘禅曾下诏
在墓周围植汉柏54株
比喻诸葛亮之生年
树高30多米
直径都在1米以上

冠幅 11 米左右
历经岁月磨砺
现存 22 株汉柏
据专家测定
树龄均在 1700 年以上

武侯墓旁
同期栽种的还有
两颗高大的桂树
树高 19 米
直径 3 米以上
史称护墓双桂
又称双桂流芬
位于墓的正面
恰像二名护卫
守护着诸葛亮的墓
历数千年不衰

公元 304 年
李雄在成都成立
成汉政权
又在成都少城
建有孔明庙
公元 347 年
东晋大将军桓温平
灭成汉政权
烧毁了少城
却刻意保存孔明庙
显示后代人敬重诸葛亮
已超越了地域观念

白帝城武侯祠
杜甫诗作最有名
诸葛大名垂宇宙
宗臣遗像肃清高
三分割据纡筹策
万古云霄一羽毛
伯仲之间见伊吕
指挥若定失萧曹
运移汉祚终难复
志决身残军务劳

苏轼曾说
密如神鬼　疾如风雷
进不可当　退不可追
昼不可攻　夜不可袭
多不可敌　少不可欺
前后应会　左右指挥
移五行之性
变四时之令
人也　神也　仙也
吾不知之
真卧龙也

历稽载籍
贤相如林
而名高万古者
莫过孔明
其弹琴抱膝
居隐士风流
出而羽扇纶巾
不改雅度

身居草庐
而识天下三分
适乎天时
承顾命之重

六出祁山尽人事
七擒八阵
木牛流马
疑鬼神之不测
鞠躬尽瘁
志决身歼
仍为臣子之用心
比管乐则过之
比伊吕则兼之
古今贤相第一奇人
你前半生陇亩躬耕
韬光养晦
后半生鞠躬尽瘁
死而后已
一生品行端正
告诫后人
夫君子之行
静以修身　俭以养德
夫学需静世　才须学也
非学无以广志
非志无以成学
非宁静无以明智
非淡泊无以致远
淫慢则不能励精
险躁则不能冶性

陆游《书愤》曰
早岁那知世事艰
中原北望气如山
楼船夜雪瓜洲渡
铁马秋风大散关
塞上长城空自许
镜中衰鬓已先斑
出师一表真名世
千载谁堪伯仲间

你是一国的栋梁
智慧的化身
功德　才智　民心
文韬　武略　忠贞
你揽尽千宠于一身
功载汗青　伟业千秋
承君一诺　执守一生
三代而下第一人

多少人间悲欢
爱恨情仇
世道沉浮　刀光剑影
吹来岁月的风沙
静待岁月苍老
逝者如斯夫
不舍昼夜
五十功名尘与土
盖世伟业云和月
泣鬼神　撼地天
辅先主佑后储
缭绕草庐烟

何须留下
子孙千秋篇

啊　诸葛亮
你的形象千年不朽
万代传颂
你有情有义
肝胆相照
是非忠奸善恶
侠胆柔肠
你那撼动千万人的
赤诚厚道
才是令历史凝聚的永恒

你的人格魅力
世代永传
只盼来日登蜀道
再续出师表
伟哉　永远的
诸葛亮

后记／千锤百炼出精品

田兆广

用叙事长诗歌颂历史兵学人物,是山东国际孙子兵法研究交流中心普及兵学思想、弘扬中华文化、创新传播渠道的有益探索、成功尝试。从2012年6月至2022年3月,"中心"已相继出版发行的《兵圣传奇——孙子长歌》《谋圣传奇——鬼谷子长歌》,在读者中引起广泛共鸣、一致好评。

《韬智圣歌》是继以上两个系列之后的又一力作。由"中心"副主任、沂水县文联原主席邵光智执笔创作的《韬圣传奇——姜太公长歌》,于2022年6月起开始创作,2023年6月29日至7月30日、2023年7月30日至8月10日完成3900余行,2万余字的初稿、二稿。按照赵承凤将军"要以韬圣为主线,把六韬的内容逐一展现"的指示要求,在赵承凤将军和山东国际孙子兵法研究交流中心有关专家、学者多次当面指导,电话、微信交流下,从2023年11月1日至12月30日,又先后改出第三稿、四稿、五稿。经过半年时间沉淀,2024年5月30日,赵将军和山东国际孙子兵法研究交流中心梁文江、田兆广、张玉、王培香、梁绮莳在济南进行了集体讨论修改,通读全诗,逐段逐句研讨,集思广益,形成了"诗句再凝练、六韬思想再深化"的共识,并于2024年5月30日至6月30日改出第六、七稿。长诗出版前,赵承凤将军改出第八稿,并补写了许多内容。

  由"中心"副主任、山东大学管理学院副教授周新平执笔创作的《智圣传奇——诸葛亮长歌》，于 2021 年 4 月 14 日写出初稿，2022 年 6 月 16 日完成第二稿，2022 年 8 月 29 日改出第三稿。长诗以叙述手法、夹叙夹议，全面展现了诸葛亮这位三国时期著名的政治家、军事家、发明家、文学家的人生历程。2023 年四月，山东国际孙子兵法研究交流中心组织邵光智、曹永孚、孙春丽、王洪曦、戴梅海、程鹏、田兆广、周建生、谢晓年、韩朴明 10 名专家学者，人手一份《诸葛亮长歌》打印稿，分别从长诗的主题、立意、史料运用、典故选择、语言风格、遣词造句、韵脚格律等方面，进行品读鉴赏，提出个人见解。同年 7 月初，陆续收到了大家的 50 余条计 6000 多字的书面修改意见，周新平利用半年多的时间，认真打磨，又改出第四稿。该长诗出版前，赵承凤将军用一周时间改出第五稿。

  《韬智圣歌》的出版，凝聚着参与者的心血，是团队集体智慧的结晶；也体现了作者精益求精的艺术追求、精雕细琢的研学精神，倾注着他们的艰苦劳动和辛勤付出。特别值得提出的是，长诗的成功创作，源于作者对艺术的执着追求和对姜太公、诸葛亮的深刻理解；源于他们"既尊重历史，又不拘泥于传统，勇于开拓创新"的创作理念。他们将"工匠精神"贯穿于整个创作过程，力求把每一个词句都写得完美，开创了自己独有的长诗风格。这种风格既传承了中国传统叙事诗的精髓，又融入了现代新诗元素，实现了传统与现代的完美结合，达到了"雅俗共赏"的艺术效果。长诗的成功实践也告诉我们，只有在传承中创新，在创新中传承，才能创造出真正的艺术精品。

  文化照远方，奋进正当时。让我们站上巨人的肩膀，插上飞翔的翅膀，高唱韬智圣歌，仰望星空，追逐梦想！